『遊仙窟』『鶯鶯伝』ほか

源氏物語と唐代伝奇

日向一雅 編

青簡舎

はじめに

千年の長いあいだ読みつがれてきた源氏物語を正しく理解するためには、さまざまな手立てや観点が必要である。中世の読者は源氏物語の表現には和歌の引用、歴史的な准拠、漢籍や仏典の典拠や出典があると気づいて、それを確認しつつ読んだ。今日でもそれは変わらない。文学史はいうまでもなく、平安時代の歴史や中国文学の影響、仏教や神道、陰陽道などの宗教との関わりを抜きにして、源氏物語を正確に理解することはできない。

本書は源氏物語と唐代伝奇との関わりをテーマにした。唐代伝奇とは何か、それはいつどのように日本に受容されたのか、それらの点についてこれまで必ずしも十分な研究はなされてこなかった。本書の李宇玲氏と河野貴美子氏の論文は唐代伝奇と呼ばれるジャンルの検討、その性格や特色、平安文学における受容の様相を具体的に明らかにしている。以下の諸論においても具体的な作品論として唐代伝奇の摂取、受容の様相が明らかにされるが、それは平安文学が同時代の東アジアの文学として成立していたという視野において理解すべきであろうことを示していると思う。同時代の東アジアの文学という意味は共通する文学的主題を取り上げているということであり、平安文学が中国文学を意識しつつ新しい文学を創出していった様相を考えるべきではないかと思うのである。

こうした本書の基になったものは、これまでに刊行した四冊（『源氏物語と平安京』『源氏物語と漢詩の世界』『源氏物語と仏教』『源氏物語と音楽』青簡舎）と同様に明治大学古代学研究所の主催になるシンポジウム、「源氏物語と唐代伝奇」（二〇一〇年十二月）である。これは「私立大学戦略的研究基盤形成支援事業」として当研究所の取り組む、考古学・歴史学・文学を総合する古代学研究の一環として企画したものである。本書はその時の報告者に玉稿をお寄せいただいた。心から感謝申し上げる。

本書が源氏物語や平安文学と中国文学との深い関わりについて、これまで以上に具体的で、新しい視点を示したものとして研究の進展の一助になることができれば、幸いである。

日向一雅識

目次

源氏物語と唐代伝奇

『遊仙窟』『鶯鶯伝』ほか

唐代伝奇と平安文学

李　宇玲

はじめに

神仙境での一夜の歓楽を描く「遊仙窟」（初唐・張鷟作）や、狐妖との数奇なめぐりあいを語る「任氏伝」（中唐・沈既済作）や、才子佳人の悲恋をつづる「鶯鶯伝」（中唐・元稹作）など、これら唐代の文人たちによって書かれた作品を、現在では一般に「唐代伝奇」と呼ぶ。もっとも、「伝奇」ということばには、がんらいさまざまな意味合いがふくまれており、たとえば、晩唐の伝奇作品集である『異聞集』（佚書、陳翰撰）では、「鶯鶯伝」が「伝奇」の題目で出ていると伝えられる。(1)また、同じく晩唐の裴鉶はみずから著した小説集を『伝奇』と名づけ、さらに時代が下ると、語り物や演劇の一部類をさすことばとしてもちいられるなど、その意味がかならずしも一定していなかったことがわかる。

よく知られるように、上記のごとき、唐代に入ってから、とりわけ中唐に盛んにつくられた数々の虚構の物語に、最初に「唐代伝奇」という名をあてたのは、魯迅である。中国はじめての小説通史である『中国小説史略』[2]において、魯迅はたんに怪異を事実として簡略にしるすそれまでの「六朝の志怪」と異なる、豊かな想像力によってつむぎ出された唐の小説を、「唐の伝奇文」（唐之伝奇文）と名づけ、新たな文学ジャンルと位置づけた。

『中国小説史略』はその書名どおり、あくまで中国の文学史に焦点をあてたものである。だが、巨視的にみると、七世紀後半から十世紀初頭にかけて集中的にあらわれた「唐代伝奇」は、ひとり古代中国のみならず、世界においても最初につくられた散文体の短編小説群であったと言ってよい[3]。個々の作品をひもといていくと、随所にちりばめられた多彩なモチーフといい、躍動感あふれるこまやかな描写といい、すでに今日でいう小説の要素をほぼかねそなえていたことに、だれもが驚かされるだろう。その豊かな芸術性について、武田泰淳はかつて「唐代の伝奇小説は、ヨーロッパの近代的短編にまじっても見劣りしない、常に新しさを失わぬ芸術の結晶」と絶賛したほどである[4]。

以上、縦の視点をとおして、世界の文学史における唐代伝奇の独自性と達成度を概観してみたが、ここではもう一つの横の視点からながめると、わたしたちはさらに興味ぶかい事実に気づかされる。というのも、唐代において斬新な文学の試みであった伝奇小説はいちはやく国境を越え、海を渡り、東アジアの国々にもたらされて、それぞれの国の古代文学に大きな影響を与えたからである。

たとえば、現存する朝鮮半島最古の漢文小説である、崔致遠（八五七～？）の「雙女墳記」（別名「崔致遠」）に「遊仙窟」の影がはっきりみてとれることは、つとに指摘されている。[5]が、それに先立ち、天平五年（七三三）夏ごろの作とおぼしい山上憶良の「沈痾自哀文」（『万葉集』巻五）に、すでに「遊、仙、窟、曰、九泉下人、一銭不値」と引用されたこともよく知られている。同書はおそらく慶雲元年（七〇四）に帰国した遣唐使の一行によって日本に伝来されたと推定され、憶良はこの回の遣唐少録をつとめていた。驚くことに、それは作者の張鷟（六五八?～七三〇）が生存中のことであった。[6]『新唐書』の伝記（巻一六一、張薦伝附）によれば、「新羅日本使至、必出金宝購其文」とあり、新羅や日本の使節が来朝するたびにきそって大金をはたいて、彼の文集を買いもとめていったという。上記のふたつの資料を綜合してみると、異国の使人たちの購入書目に「遊仙窟」がふくまれていただけでなく、張鷟の文名はおそくとも中年のころからすでに東アジアの国に広く知れ渡っていたようすがうかがえる。

こうした東アジア文化圏におけるほぼ同時代的に進められていた知的交流は、唐代伝奇のなかで、ほかにも例がみられる。白居易の「長恨歌」と対のかたちでつくられた「長恨歌伝」である。作者の陳鴻に関して、生没年は未詳だが、貞元二十一年（八〇五）に科挙の進士科に及第したことは判明している。[7]また、「長恨歌伝」によると、元和元年（八〇六）十二月に白居易らとつれだって仙遊寺に遊行に出かけたさいに書かれたという。いっぽう、同伝をおさめた『白氏文集』は、白居易（七七二～八四六）が晩年のころに日本に伝来され[8]、「長恨歌伝」はいわば世に現れてからおよそ四十年をへて、平安朝では白詩の流行とともに広く読まれはじめたとわかる。

ところで、いまみてきた「遊仙窟」にしても、「長恨歌伝」にしても、偶然に古写本などがのこっているため、古代日本への伝来をはっきりと確認できた、史料にめぐまれた明証のある実例といえる。では、当時ほかにも唐代伝奇の将来があったのか、そしてその影響はいかなるものだったのだろうか。この問題をめぐって、これまで平安文学の研究においてさまざまな検証が積み重ねられてきた。なかでも、まずあげられるのは、『伊勢物語』第六十九段と「鶯鶯伝」の類似である[9]。「鶯鶯伝」の場合、「遊仙窟」や「長恨歌伝」とちがいいつごろから、そしてどういうルートを経由して、平安びとの目にふれるようになったか、そのいきさつについてはいっさい不明である。だが、両作品の大枠の類似および細部にわたる表現上の共通点から、『伊勢物語』第六十九段が「鶯鶯伝」を粉本にして書かれたことは、すでにおおかたのみとめるところとなっている。

ところが、こうした平安文学からの指摘は、これまで中国文学の分野にあまり注目されてこなかったようである。たとえば、唐代伝奇の読者層の問題だけをとってみても、その書き手も読み手も科挙出身の新興官僚とその予備軍、あるいはその挫折者であり、ごくかぎられているという見方はほぼ通説となっている。(10) だが、『伊勢物語』にみられる「鶯鶯伝」の影響や、前述したような古代の東アジア文化圏における流布と受容の状況を視野に入れると、従来定着していた唐代伝奇のイメージを、もうすこしゆるやかにとらえる必要が出てくるのであろう。本稿ではこうした観点から、平安文学との関係を手がかりに、唐代伝奇の位置づけを再検討し、平安朝におけるその受容のありようを考察するための足掛かりにしたいとおもう。

一　伝奇と小説

そのまえに、まず唐代伝奇の全体像について把握しておきたい。これまで中日両国で出版された唐代伝奇関連のテキストに、おもにつぎのようなものがある。各テキストが採録した唐代の作品数もあわせて掲示しておいた。

I、日本のテキスト

①『晋唐小説』（国訳漢文大成、塩谷温訳、東洋文化協会、一九五五年、初版一九二〇年）　111篇
②『唐宋伝奇集』（『吉川幸次郎全集11』筑摩書房、初出一九四二年）　10篇

③『六朝・唐・宋小説集』（中国古典文学全集、前野直彬訳、平凡社、一九五九年） 121篇

④『唐代伝奇集』一、二（前野直彬編訳、平凡社東洋文庫、一九六三年） 111篇

⑤『六朝・唐・宋小説選』（中国古典文学大系、前野直彬編訳、平凡社、一九六八年） 103篇

⑥『唐代伝奇』（新釈漢文大系、内田賢之助・乾一夫訳注、明治書院、一九七一年） 22篇

⑦『六朝・唐小説集』（中国の古典、西岡晴彦・高橋稔訳、学習研究社、一九八二年） 9篇

⑧『唐宋伝奇集』（岩波文庫、今村与志雄訳、岩波書店、一九八八年） 46篇

⑨『唐代伝奇』（新書漢文大系、内田賢之助・乾一夫著、明治書院、一九九六年） 12篇

⑩『中国古典小説選第4巻　古鏡記・補江総白猿伝・遊仙窟〈唐代Ⅰ〉』（成瀬哲生著、明治書院、二〇〇六年） 3篇

⑪『中国古典小説選第5巻　枕中記・李娃伝・鶯鶯伝他〈唐代Ⅱ〉』（黒田真美子著、明治書院、二〇〇六年） 21篇

⑫『中国古典小説選第6巻　広異記・玄怪録・宣室志〈唐代Ⅲ〉』（溝部良恵著、明治書院、二〇〇六年） 35篇

※波傍線は、原文を掲出したテキスト。それ以外は翻訳のみ。

Ⅱ、中国のテキスト

⑬『唐人小説』（汪辟疆校録、上海古典文学出版社、一九五五年、初出一九二〇年）　75篇
⑭『中国短篇小説集第一集』（鄭振鐸編、商務印書館、一九二六年）　38篇
⑮『唐宋伝奇集』上冊（魯迅校録、北新書局、一九二七～一九二九年）　36篇
⑯『唐宋伝奇選』（張友鶴選注、人民文学出版社、一九六五年）　39篇
⑰『唐宋伝奇選』（徐士年選注、中州書画社、一九八二年）　38篇
⑱『唐代伝奇訳注』（程遥・千里著、吉林教育出版社、一九八六年）　34篇
⑲『全唐五代小説』（李時人編校、陝西人民出版社、一九九八年、全1313篇）　約1220篇

一瞥してわかるように、ⅠとⅡのいずれにおいても、題名に「伝奇」（9例）をもちいたり、「小説」（10例）と呼んだり、かならずしもその呼称が統一されていない。そして、翻訳を入れて考えると、日本では一般的に読まれている唐代の伝奇小説は多くとも、110篇から120篇というところであろう。

なかでも、唐代伝奇の研究の基礎をつくったのは、⑮の魯迅の『唐宋伝奇集』である。それを端的に物語ってくれるのは、各書の目次である。⑯⑰⑱などの中国のテキストだけでなく、作品の原文をおさめたⅠのテキスト（⑥⑩⑪）も、⑮とほぼ同じ構成をとっている。それぞれの目次の冒頭の部分だけを掲出してみると、つぎのとおりである。

・⑮『唐宋伝奇集』　「古鏡記」「補江総白猿伝」「離魂記」「枕中記」「任氏伝」「編次鄭欽悦」……「柳氏伝」「柳毅伝」「李章武伝」「霍小玉伝」……「鶯鶯伝」……

・⑥『唐代伝奇』　「古鏡記」「補江総白猿伝」「離魂記」「枕中記」「任氏伝」「柳氏伝」「柳毅伝」「李章武伝」「人虎伝」「霍小玉伝」……「鶯鶯伝」……

・⑩『中国古典小説選第4巻』　「古鏡記」「補江総白猿伝」「遊仙窟」

・⑪『中国古典小説選第5巻』　「離魂記」「枕中記」「任氏伝」「柳毅伝」「李章武伝」「霍小玉伝」……「鶯鶯伝」……　（「柳氏伝」未採録）

が、じつはこの目次は、時代順に並べたものではない。たとえば、「柳氏伝」（許尭佐、貞元・元和間〈七八五～八二〇〉の人）は明らかに「柳毅伝」（李朝威作、粛宗乾元年間〈七五八～七六〇〉の人）より遅れてできた作品だが、後者のまえにおかれている。そして、「李娃伝」「鶯鶯伝」（元稹〈七七九～八三一〉）も、「霍小玉伝」（蔣防〈七八〇？～八三〇〉）より先に著されたが、にもかかわらずそのあとに据えられている。こうした配列の類似はなにを意味するかというと、すなわち中国でも日本でも唐代伝奇に関する研究は、ほぼ魯迅のつくった枠組みにそっておこなわれているということである。この点は、IIの右側の数字にも反映されている。じっさい、中国でよく読まれている唐代伝奇は、魯迅が『唐宋伝奇集』に採録した約40篇にすぎないのである。

唐代伝奇について、魯迅は『中国小説史略』においてつぎのようにのべている。

唐代になって小説も、詩のように、一変した。不可思議なこと、異常なことを依然記していたけれども、Ⓐ叙述が複雑になり、Ⓑ修辞に磨きがかかって華やかになった。六朝時代の物語が梗概をざっと記した程度であったのに比べると、進歩の跡が大変、明らかであった。さらに目立った変化は、この時代になってⒸ意識的に小説を作ったことである。

六朝の志怪小説がたんに怪異を事実として簡略にしるしたのにくらべ、「叙事が複雑になり、修辞も巧みに、そして作者が意識的に虚構をつくった」という三つの特徴をもっているという。つまり、唐代伝奇とは筋の展開や構成に工夫が凝らされ、登場人物の性格や心理をこまやかに描写し、作者の創作の意図にもとづいてつくられた作品ということである。この定義は今日、わたしたちがいう「小説」の意味にかなり近いといえよう。

だがしかし、じっさいにひとつひとつの作品を閲してみると、どこまでが「志怪」で、どこから先が「伝奇」なのか、その線引きは難しいというしかない。そのため、どの研究者も明確な数字を出していない。また、魯迅のあげた唐代伝奇の作品をみると、唐代小説の傑作=唐代伝奇という感がしないわけでもない。

では、伝奇や志怪、雑録類をふくめて、唐代の小説全体の数はいったいどれくらいであろうか。⑲の『全唐五代小説』の約1220篇は、現存する総作品数である。もっとも、これだけのこっているということは、唐代にはさらにおびただしい数の小説が現れたはずで、韻文を重視する中国の伝統的な文学観のなかで、散逸してしまったものも多かったにちがいない。したがって、いわゆる「唐代伝奇」はそのうちのわずか一握りにすぎず、約40篇の作品のみをとおして全容を把握しようとすると、おのずとそこからこぼれ落ちてしまうものも少なくないと言うべきであろう。

とはいうものの、中国でも日本でも、これまで唐代伝奇に関する研究は、ほぼこの40篇の作品を中心に展開されてきたのも現状である。それに、唐文学への関心というと、その大半が詩歌に集中している傾向もあいまって、中国では一九九八年になってようやく唐の伝奇・小説を網羅した『全唐五代小説』⑲が編纂された。同書では、小説の定義をひろくとらえ、百巻におよぶ「正編」のほか、さらに「外編」二十五巻をもうけて小説的要素を一部そなえた作品をも収録している（唐・五代をふくむ）。今後、新たに発見された資料をふくめて唐代の小説を総体的にとらえたうえで、魯迅が提出した「唐代伝奇」の枠組みの是非を再検討する必要があろう。

いっぽう、こうした中国文学（ここでは中国と日本の両方をふくむ）における唐代伝奇の研究状況に対し、平安文学の研究者が唐代の文学に言及するさい、おうおうにして中文領域の既存の枠組みと常識をふまえることが多く、唐代伝奇の場合もその例外ではない。平安文学と唐代伝奇のかかわりを究明しようとするおおかたの論著も、魯迅の『唐宋伝奇集』に採録された作品にのみ照準をあてている。とすると、唐代伝奇にたいする見直しが必要であると同時に、平安時代ではじっさいどういう唐代の伝承や物語が好まれて読まれていたのかについても、より広い視野からとらえなおすべきであろう。こうした設問は平安文学への影響を究明するだけでなく、唐代伝奇の世界を従来とは異なる視点から解明するきっかけともなるかとおもう。ここではこの問題について深入りする余裕がないが、また別稿を期したい。

二　恋愛小説と平安物語

以上、唐代伝奇に関する研究は、おもに魯迅の『唐宋伝奇集』にとられた約40篇の作品を中心に進められてきたとのべたが、平安文学との関係からいうと、その対象はさらにしぼられてくる。まず、記録から日本への伝来が明確に確認できる唐代の伝奇や小説などの関連作品——仏教説話や唐代の志怪、唐代伝奇に取材した詩歌をふくめて、上代から平安朝にかけて日本に将来されたことがたしかめられるものについてみてみよう。つぎの4作である。

・「遊仙窟」　『日本国見在書目録』別集家　遊仙窟一〔巻〕

・『冥報記』　　　　　　『万葉集』山上憶良「沈痾自哀文」〈天平五年〈七三三〉夏ごろの作〉。
・「長恨歌伝」「長恨歌」　『日本国見在書目録』雑伝家　冥報記十巻
・「任氏怨歌行」　　　　　『白氏長慶集』巻十二所収
　　　　　　　　　　　　　円仁の購書目録『慈覚大師在唐送進録』〈八四〇年〉〈任氏怨歌行一
　　　　　　　　　　　　　白居易〉

上記のうち、前3作がいずれも現存しているのに対し、白居易の「任氏怨歌行」だけ円仁の「在唐送進録」にふくまれているものの、『白氏文集』にみえず、『千載佳句』〈大江維時〈八八八〜九六三〉撰〉と中国南宋時代の類書『錦繡万花谷』に残句〈計八句〉がのこされているのみである。

いっぽう、伝来のルートは詳らかではないけれども、従来の研究において影響関係が指摘されてきた唐代伝奇はおもに、つぎのとおりである。(11)

・「任氏伝」　↓　『源氏物語』夕顔巻
・「鶯鶯伝」　↓　『伊勢物語』第六十九段、『源氏物語』帚木巻・花宴巻・明石巻など
・「離魂記」「霍小玉伝」　↓　『源氏物語』六条御息所の生霊と死霊
・「歩飛煙」　↓　『伊勢物語』初段

このほか、唐代伝奇と平安物語の語りや虚構の方法について論じた先行研究もいくつかある(12)

が、主人公の造型や内容において共通や一致がみられるものは、ほぼ上記の五作品にとどまっている。なお、これまでの研究史をふりかえってみると、おおよそ二つの傾向が指摘できる。ひとつは、唐代伝奇と平安文学の関係に言及するさい、おもにとりあげられたのは、「遊仙窟」と「鶯鶯伝」というふたつの作品ということ。そして、もう一つは平安朝における両者の受容のありかたに、やや違いがみとめられる点である。

たとえば、山上憶良の「沈痾自哀文」（『万葉集』巻五）に「遊仙窟曰…」と引用されたり、『源氏物語』蜻蛉巻に「まろこそ御母方のをぢなれ」（容貌似舅、潘安仁之外甥）という薫の有名なセリフがあったりするように、「遊仙窟」の場合、原文（あるいは訓読文）からそのまま語句を引く例が散見する。これに対し、『伊勢物語』や『源氏物語』などにおける「鶯鶯伝」の影響をみてみると、直接、語句の類似を見つけ出すことはむずかしく、むしろ物語の構想、人物の造型や情景の描写など、より文脈の深層的な部分に溶け込んでいるようにおもわれる。

では、なぜこうした相違が生まれたのだろうか。まず考えられるのは、文体の問題である。ひとくちに唐代伝奇といっても、四六駢儷文でつづられた、先駆的な存在である「遊仙窟」と、「鶯鶯伝」など中唐以降の作品とのあいだに、大きな文体の変化があった。対句や音の韻律にこだわる「遊仙窟」の文章は、華麗な様式美を重んじる平安朝ではとりわけ愛好され、『和漢朗詠集』にも採録された。平安の貴族文人たちだけでなく、『源氏物語』の引用から、紫式部などの女性作者もその佳句を諳んじていたようすがうかがわれる。
ところが、「鶯鶯伝」や、狐が化けた美女と人間の恋愛を描いた「任氏伝」など、中唐にできた伝奇作品はより自由な散文体によって書かれている。そのため、摘句や暗誦には適していないのである。平安朝におけるこれらの作品の受容例に表現の一致よりも、物語の人物の造型や筋の展開により多くの共通点がみられる。このように、平安文学においては、「遊仙窟」と中唐以降の唐代伝奇のあいだに、漢文文体の違いによる受容の位相差が存在しているのである。

※

さて、ここで平安文学と唐代伝奇の影響関係がしばしば指摘された作品を、もう一度掲出してみよう。

「遊仙窟」「離魂記」「任氏伝」「鶯鶯伝」「長恨歌伝」「霍小玉伝」「歩飛煙」

いずれも男女の恋を主題とする作品である。唐代伝奇は多彩なテーマとモチーフによって構成されるが、なかでもとくに重要な意味を持っているのは、これら恋愛を描いた作品といわれる。というのも、中国の文学史のなかで、唐代伝奇ははじめての小説らしい小説だけでなく、最初に散文の形で恋の物語を語る文学作品だったからである。

では、恋愛を主題とする唐代伝奇、以下「恋愛小説」と呼ぶことにするが、この恋愛小説は唐代伝奇全体のなかで、だいたいどれくらいの割合を占めているのだろうか。便宜的に⑥の新釈漢文大系と⑩⑪⑫の中国古典小説選を比較してみよう。

A新釈漢文大系（計22篇）

恋愛小説	10篇	神怪小説	6篇	侠義小説	6篇		

B中国古典小説選4・5（計23篇）

恋愛小説	10篇	神怪小説	6篇	侠義小説	5篇	歴史小説	1篇

C中国古典小説選6（計35篇）

恋愛小説	2篇	神怪小説	28篇	侠義小説	2篇	歴史小説	3篇

AとBはそれぞれ10篇ずつで、ほぼ全体の半分を占めている。いっぽう、世相が不安定な晩唐になると、超能力をもつ怪異や剣豪などの題材がいちじるしく増え、Cの中国古典小説選第6巻は、中唐以降大量につくられた小説集から35の作品をピックアップしているが、恋愛小説が2篇しか入っていないのは、そのためである。

そして、AとBの恋愛小説を詳しくみてみると、その大半は中唐、すなわち白居易らが活躍した時代に書かれたものである。つぎの一覧表では、これらの恋愛小説を時代順にならべてみた。うち、1～12までは、中唐までの作品になる。

唐代伝奇の恋愛小説一覧

	作品名	作者	成立年次	女主人公	身分（正体）	恋の展開
1	遊仙窟	張鷟（ちょうさく）	七世紀後半	十娘・五嫂	仙女	一夜の逢瀬→離別
2	離魂記	陳玄祐（ちんげんゆう）	八世紀後半か	倩娘	良家の令嬢・遊離魂・正妻	許婚→離別→駆け落ち→結婚
3	任氏伝	沈既済（しんきせい）	建中二年（七八一）	任氏	妓・妾・狐妖	一年余りの交際→死別
4	李娃伝	白行簡	貞元十一年（七九五）八月	李娃	妓・正妻	一年余りの交際→離別→再会→結婚
5	柳毅伝	李朝威	九世紀前半か	龍女	仙女・正妻	結婚の拒否→離別→結婚
6	李章武伝	李景亮（りけいりょう）	九世紀前半か	王氏	他家の嫁・鬼	一月余りの交際→死別→一夜の再会
7	柳氏伝	許尭佐（きょぎょうさ）	九世紀前半か	柳氏	妾	二年余りの交際→離別→再会

8	長恨伝	陳鴻	元和元年（八〇六）か	楊貴妃	妃・仙女	結婚→死別→来世の縁を約束
9	鶯鶯伝	元稹	元和の初めか	崔鶯鶯	名門の令嬢	六ヶ月余りの交際→離別
10	霍小玉伝	蔣防	元和年間（八〇六～八二〇）か	霍小玉	妓女	二年余りの交際→離別→再会→死別
11	唐晅	陳劭	貞元・元和年間（七八五～八二〇）	張氏	正妻→鬼	結婚→死別→一夜の再会
12	周秦行記	牛僧孺 ？	文宗のころ（八二六～八四〇）	薄太后、楊貴妃、王昭君ら	妃・鬼	一夜の逢瀬→離別
13	無双伝	薛調	（八三〇～八七二）	劉無双	名門の令嬢→宮女→正妻	許婚→離別→結婚
14	申屠澄	薛漁思	九世紀半ばか	申屠澄の妻	正妻→虎	結婚→離別
15	華州参軍	温庭筠	八六〇年ごろか	崔氏	正妻→鬼	結婚→離別→死別→二年の幽婚
16	歩飛煙	皇甫枚	九一〇年か	歩飛煙	妾	一年あまりの密通→死別

まず、女性の人物像について。平安時代の物語とくらべてみると、大きな相違のひとつは妃など後宮の女性が登場する作品が、ひじょうに少ないという点である（8と12のみ）。また、平安物語の主人公がほとんど貴族の出身に対し、よく言われるように、唐代伝奇のヒロインの多くは妓女や妾であり、すなわち身分の低い、売買の対象にされていた女性たちである。

なお、16作品のうち、夫婦間の情愛を描いた恋愛小説は四つ（5、11、14、15）あるけれども、いずれも妻のほうが龍女や虎、鬼（幽霊）という設定になっている。儒教社会のなかで、士大夫たちが家庭内のことについて語ることはタブー視されており、このように異類譚や冥婚譚のかたちを借りてようやく夫婦の恋愛を表現できたわけである。

そして、上記表の「恋の展開」の項目に注目すると、傍線でしめしたように、唐代の恋愛小説の常套的な手法といってもいいほど、どの作品にも離別のモチーフがとりこまれている。しかも、女性と別れたあと、男性主人公が悲しみにふけるという主題がしばしばくりかえされている。さらに、離別のかたちについてみてみると、9例が生き別れで（1、2、4、5、7、9、12、13、14）、死別が7例という内訳になっている。もっとも、生き別れの場合、1、5、12、14は異類婚姻譚（神婚譚、冥婚譚）であることから、その基本的な話型として、男女が別れたまま、再会できないということじたいが前提となっている。では、のこりの2、4、7、9、13、つまりいずれも女主人公が人間の恋愛小説において、その別離の原因となったものはなんであろうか。

まず、「離魂記」（2）では、ひそかに思いを通じている従妹の張倩娘が親の意志により、ほかの男と婚約することになり、主人公の王宙は激しく恨み悲しながら、任官を求めて都に赴き、両者が離別することとなった。そして、「李娃伝」（4）では、文無しになった鄭生を追いだすために、仮母が手の込んだ罠を仕掛け、李娃はみずから姿をくらましたのである。いっぽう、「柳氏伝」（7）は安史の乱をへて、韓翃は愛妾の柳氏がはぶりのよい蕃将の沙吒利に奪われ、悲嘆にくれていたのであり、「無双伝」（13）も同じく反乱のあと、許婚の劉無双が後宮に入れられ、主人公の王仙客は自力で彼女を助けだすことがほぼ不可能となったという筋書きとなっている。つまり、この四作品では、男女の離別の原因は、いずれも親の反対や戦乱という外部からの障害にあった。

ところが、（9）の「鶯鶯伝」だけが特別であった。同じく人間の女性のひたむきな恋を描いたにもかかわらず、よく知られるように「鶯鶯伝」では張生がいわゆる「忍情説」を持ち出して心変わりの理由としたのである。さらに、上記の各作品の結末を追っていくと、こちらもやはり「鶯鶯伝」の特異性が目立つ。というのも、「鶯鶯伝」以外に、ほとんどは遊離魂や遊俠の助けなどにより、紆余曲折をへて再会をはたし、大団円を迎えるか（2、4、5、7、13）、主人公の女性が死去（3、6、8、10、11、15、16）もしくは異類（1、12、14）であるため、この世での再会がもはや不可能となった場合のどちらかである。だがしかし、「鶯鶯伝」では鶯鶯は生きているものの、破局に終わってしまった。のちに、張生は鶯鶯の夫に頼んで再会を申し込んだが、鶯鶯はそれに応じることはなかった。

上記の一連の恋愛小説のなかで、悲恋を描いたものは少なくない。しかし、男性が恋愛相手の女性を棄てた例は、「鶯鶯伝」と「霍小玉伝」にしかみられない。後者の場合、相手は妓女で、もとより結婚が想定されない交際であった。いっぽう、鶯鶯を妓女とする説もみられるが、(13)しかし作品をみるかぎり、「財産甚だ厚い」崔氏の家に生まれた彼女は、あくまで「名門深窓の麗人」として描かれている。そして、「霍小玉伝」では、男主人公が母親の決めた縁談にしたがわざるをえないのと違い、張生は自己の決断によって、この恋愛を断ち切ったのである。

こうした親の反対など外部からの要素をいっさい捨象し、自分一個の責任において、みずからの痛ましい恋愛経験を語る作者の姿勢に、当時、似たような体験をもつ多くの文人たちの共感を呼んだにちがいない。女主人公の心理をこまやかに描いたところもさることながら、「鶯鶯伝」が唐代伝奇のなかで屈指の名作とされたのは、こうしたリアリティにあふれた、衝撃的な作品によるところが大きかったといえよう。生身の人間がさまざまなしがらみを抱えつつ、たまさかの愛に陶酔しながらも、やがてきびしい現実の世界に立ち向かってゆくしかないところに、この作品の主眼があるようにおもわれる。『伊勢物語』をはじめとする物語にその投影がみられるゆえんのひとつもまた、この辺にあろう。

三　唐代伝奇と平安朝

さて、「遊仙窟」や「鶯鶯伝」をはじめとする唐代伝奇の数々は当時では、どういうふうに読まれていたのだろうか。従来では、その読者層はかなりかぎられていると考えられてきた。[14] 書き手も読み手も、科挙出身の新興官僚階級とその予備軍、あるいはその挫折者であったといわれる。

その理由のひとつとしてあげられたのは、印刷術の問題である。[15] 唐代では、印刷術はすでに発明されたが、しかし技術はまだ未熟で、活字ではなく、版木を使っていた。そのため、経書や仏教の経典など権威のある書物しか刷られず、小説が印刷に付されるようになったのは、明や清になってからのことである。唐代伝奇のような遊びの作品はもちろん、手で書き写すしかなかった。したがって、その流布の範囲もおのずと狭まってくるという。

しかしながら、唐代では商業がかなり発達していたことは、「李娃伝」の葬儀屋（凶肆）の描写や、「杜子春」にある主人公に大金を貸した老人の話など、金銭のやりとりをめぐる記述が多く散見する唐代伝奇からその一端をかいまみることができる。[16] また、『遊仙窟』作者張鷟の文章を、新羅や日本からの使者が入朝するたびに必ず大金をもって買い求めていたエピソードも有名である。そのなかにまちがいなく『遊仙窟』も入っていることから、この手の作品もおそらく当時、書肆すなわち本屋に並べられて販売されていたのではないかと推測される。

とくに唐代では、門地をとわず、筆記試験をとおして官僚の人材を選抜する科挙の制度が完備するにつれ、受験生が急増し、書物に対する需要は大きく拡大した。それにしたがい、書籍をあつかうビジネスが繁栄を見せ、長安の書肆の風景は唐代伝奇にもとりあげられた。「李娃伝」の下記の一節である。(17)

娃命車出遊、生騎而従。至旗亭南偏門鬻墳典之肆、令生揀而市之。計費百金、尽載以帰。

（娃は車を命じて出遊し、生は騎（き）して従う。旗亭南偏門の墳典（ふんてん）を鬻（ひさ）ぐの肆（し）に至り、生をして揀（えら）びて之（これ）を市（か）はしむ。計費百金（けいひひゃっきん）、尽（ことごと）く載（の）せて以（もっ）て帰る。）

無一文になった鄭生を見捨てた李娃が、ふとしたことで乞食にまで身をおとし、死の境をさまよっている生と再会し、前非を悔いて彼を助けた。そして、健康が回復してくるにつれ、李娃は生に勉学にはげむよう勧めた。ここは李娃が車を手配して、料亭の南寄りの門のそばで書物を売っている店に行き、生に本を選ばせてほしいものを買いもとめた場面である。金額は百両ほどになったが、それらをすべて車に積んで持ち帰ったという。「墳典」とは「三墳五典」の略で、書籍のことをさしている。

やがて、「海内文籍」（世間の書物）をことごとく読破した鄭生はめでたく科挙に合格して高官となったが、それはともかく、前後の文脈から長安の繁華街にありとあらゆる書類の書物をとりあつかい、大量の金銭が出入りする書肆のようすがありありと描かれている。「天宝中」という物語の時代設定や、作品が書かれた中唐の雰囲気をもたぶんにもりこんだろうことから、このような書肆は盛唐から中唐にかけて繁盛をきわめていたと推察される。

また、こうした中国国内の需要だけでなく、朝鮮半島、ベトナムや日本など漢字文化圏からの使節たちも、唐の書物を大量に購入していった。たとえば、『旧唐書』（巻一九九上、東夷伝）に奈良朝の遣唐使たちが唐の皇帝から賜った品物を長安の市場に持っていき、ことごとく書籍にかえて日本にたずさえて帰ったとしるされている。(18) 彼らがあがなった書物に、写本は多くふくまれていたことであろう。

そして、書肆の繁栄を影でささえたのは、抄書、本を書き写すビジネスである。晩唐の裴鉶が撰した『伝奇』という小説集に、書物の書写を職業とする女性の話が出ている。「唐代伝奇」の用語が、裴鉶のこの『伝奇』に由来するという説もあるが、そのなかにある「文簫（ぶんしょう）」という小話である。(19)

話のあらすじはつぎのとおりである。書生の文簫が鐘陵郡の西山で仙女の呉彩鸞（ごさいらん）と出会い、結ばれる。彩鸞は、仙界で仕事を失敗してしまい、人間界に追放されたため、文簫は彩鸞とともに人間界にもどった。しかし貧乏で生活していくあてがないため、彩鸞は抄書をしてお金を稼ぎ、生計を立てていた。そして、ある日二人は、再び仙界へ戻っていった。鍾陵にはいまも彩鸞が写した書物がたくさんのこっているという。

仙境訪問譚に枠づけられた恋愛小説としては、この「文簫」はかなり地味で人間くさい話だといえよう。というのも、仙女が超能力を駆使してたちまち莫大の富を手に入れるのが、この種の話の定番だから、妻が抄書をした収入を生活の足しにする発想は、おそらく文人たちの現実の生活から得たものと推測される。

もっとも、仙女の彩鸞が書き写したのは、『唐韻』（逸書、唐・孫愐が『切韻』を増補刊定したもの）という韻書で、詩賦の韻文がことのほか重んじられた唐代の科挙の受験生たちにとっては、必須の書物である。したがって、需要は相当大きかったのであろうし、彩鸞が『唐韻』の書写を職業としたという物語の設定も、当時の読者にとっては身近なものであったにちがいない。このように、韻書や経典などの科挙関連本は書肆ではよく転写されたわけだが、唐代伝奇のような、通俗的で遊戯的な作品は、はたして抄書の対象となりえたのだろうか。

先述したように、円仁の「在唐送進録」に白居易の「任氏怨歌行」一帖がふくまれている。残念ながら、同詩は中国でも日本でも散逸してしまい、断片的な資料から推測したところ、おそらく沈既済の「任氏伝」にもとづいて詠まれた、「長恨歌」のような長編の歌行体の叙事詩であり、白居易が二十歳前後、科挙の受験時代につくった作品かとおもわれる。[20] だがしかし、問題はまだ長安に出てきていない、若きころの白居易が、どういうルートを通じて「任氏伝」を手に入れたのだろうか。

「長恨歌」と「長恨歌伝」、「鶯鶯伝」と「会真詩」、また「李娃伝」と「李娃行」などが、白居易周辺の文人たちによって、詩と伝奇がセットでつくられた例とはちがい、「任氏伝」の作者沈既済と白居易のあいだに、ほとんど経歴の接点が見当たらない。最近、静永健氏は、沈既済が左遷の船旅のなかで「任氏伝」を創作し、かつその途中に白居易が当時住んでいた徐州の近くを通過したことから、水上交通を伝ってこの新奇な文学作品が伝播したのではないかという説を提出している。[21]

とすると、出来上がったばかりの「任氏伝」はたちまち伝承され、筆写され、やがて白居易のような貧乏な一地方の受験生も、それを目にする機会があったということになる。ここに、中唐では唐代伝奇がかなり広範に書写され、流行していた様子が浮かび上がってくる。短編で手軽に写せる点も、流布しやすい原因のひとつだったのであろう。

「遊仙窟」と「長恨歌伝」をのぞき、平安朝における唐代伝奇の伝来をめぐって、関連の記録が検出されず、その実態はベールに包まれたままである。しかし、円仁たちがその選び抜いた目録に「任氏怨歌行」を入れたのは、いままみてきたような、中唐における伝奇小説の広範にわたる流行と流布と密接に関連しているのであろう。
よく知られるように、「遊仙窟」は中国本国でははやくに散逸し、書名すら忘れ去られていた。二十世紀のはじめになって、ようやく日本をおとずれた清朝の学者によって発見され、そこから当時ではこの本がもてはやされていたことや、「鶯鶯伝」などもその影響を受けたことなどがしだいに明らかになってきた。また、『伊勢物語』第六十九段が「鶯鶯伝」を下敷きにして書かれたことからも、同作はおそくとも十世紀前半に日本に伝えられたものと推測される。中唐における「鶯鶯伝」の大きな流行と享受の潮流があったからこそ、異国の使節たちの目にもとどまり、日本への伝来が実現されたと考えたほうが自然であろう。

このように、唐代伝奇と平安文学の関係について考えることは、たんに日本における享受や平安文学への影響を検証するだけでなく、唐代の文学史を従来とは異なった視点からながめなおす試みであり、ひいては両国の新たな文化交流史を発見するきっかけにもなるかとおもう。今後、平安朝における具体的な受容相について、さらに掘り下げて考察していきたい。

注

（1）『異聞集』は散逸し、南宋・曾慥の『類説』にその一部が収録されており、同書では「鶯鶯伝」は「伝奇」と題されている。ただし、もともと『異聞集』にあった題名をそのまま使用したのか、あるいは曾慥の改変によるものかについては、にわかに断定できない。なお、北宋・王銍「伝奇弁正」（北宋・趙令畤『侯鯖録』巻五所収）でも「鶯鶯伝」は「伝奇」と称されているから、この呼称は北宋に遡れることがわかる。

（2）魯迅『中国小説史略』（斉魯書社、一九九七年、合訂版初出一九二五年）。本稿における同書の引用は、今村与志雄訳『魯迅全集第11巻』（学習研究社、一九八六年）による。

（3）李時人「『全唐五代小説』前言」（陝西人民出版社、一九九八年）。

（4）武田泰淳「唐代伝奇小説の技術」（『武田泰淳全集第12巻』筑摩書房、一九七八年）。

（5）李時人「新羅崔致遠生平著述及其漢文小説『雙女墳記』的創作流伝」（『文史』二〇〇一年第四輯、中華書局）、濱政博司「『遊仙窟』と『崔致遠』」（『水門』二〇〇九年四月）など。

（6）李時人「張文成生平事跡及『遊仙窟』創作時間考」（『中国古代小説研究』第二輯、人民文学出版社、二〇〇六年、同『遊仙窟校注』中華書局、二〇一〇年再録）によれば、張鷟は神龍二年（七〇六）に科挙の「才膺管楽科」に及第してから、「岐王府参軍」に任じられ、さらに景雲二年（七一一）に「賢良方正科」にも合格し、鴻臚丞をつとめたという。とすると、開元二年（七一四）に流罪に処せられるまで長安に滞在していたことになり、その文名の高さから推測すると、遣唐使あるいは留学生たちとのあいだに接点があったのかもしれない。

（7）清・徐松『登科記考』（孟二冬補正『登科記考補正』、北京燕山出版社、二〇〇三年）による。なお、白居易は貞元十六年（八〇〇）に進士に及第。

（8）『白氏文集』六十七巻本が八四四年に留学僧の恵蕚により、日本にもたらされた。白居易が存命中のことで、この時期における陳鴻の行跡は不明だが、白居易とほぼ同時代を生きていたのであろう。

(9) 田邊爵「伊勢物語に於ける伝奇小説の影響」(『国学院雑誌』一九三四年十二月)、目加田さくを『物語作家圏の研究』(武蔵野書院、一九六四年)、田中徳定「伊勢物語第六十九段をめぐって」(『駒沢国文』一九八五年二月)、上野理「伊勢物語『狩の使』考」(『国文学研究』一九六九年十二月)など。このほか、渡辺三男「伊勢物語の二十四段は会真記の翻案か」(『駒沢国文』一九五九年十一月)は、『伊勢物語』第二十四段と「鶯鶯伝」の関係について言及している。

(10) 黒田真美子「唐代伝奇について」(『中国古典小説選第5巻　枕中記・李娃伝・鶯鶯伝他〈唐代II〉』明治書院、二〇〇六年)。

(11) 「任氏伝」:新間一美「もう一人の夕顔—帚木三帖と任氏の物語—」(同『源氏物語と白居易の文学』和泉書院、二〇〇三年)など。「鶯鶯伝」:注9のほか、今井源衛「『源氏物語』の形成」(『解釈と鑑賞』一九九四年三月)、新間一美「源氏物語花宴巻と『鶯鶯伝』—朧月の系譜—」(『白居易研究年報』二〇〇八年十月)、日向一雅「明石の君の物語と『鶯鶯伝』」(仁平道明編『源氏物語と東アジア』新典社、二〇一〇年)など。「離魂記」「霍小玉伝」:陳明姿「文学のなかの遊離魂—『離魂記』と『源氏物語』を中心として—」(『集刊東洋学』一九八五年)、郭潔梅「源氏物語と唐代の伝奇小説—夕顔・末摘花・六条御息所・浮舟物語と霍小玉伝—」(『甲南国文』一九九六年三月)。「歩飛煙」:山本登朗「『遊仙窟』文化圏構想は可能か—「かいまみ」と「女歌」—」(『和漢比較文学』二〇一〇年二月)、同「仙女譚から『伊勢物語』へ—『かいまみ』を手がかりに—」(山本登朗・ジョジュア・モウトウ編『伊勢

物語　創造と変容』和泉書院、二〇〇九年）、同「伊勢物語『初冠』考」（秋山虔編『平安文学史論考』武蔵野書院、二〇〇九年）。このほか、仁木夏美「『新撰万葉集』と唐代伝奇小説」（『アジア遊学』二〇〇七年七月）は、「南柯太守伝」と『新撰万葉集』の関連について考察している。

（12）田中隆昭「源氏物語と歴史と伝奇─中国史書類伝奇類とのかかわりから─」、同「源氏物語と唐代伝奇」（同『源氏物語　歴史と虚構』勉誠社、一九九三年）、藤井貞和「光源氏のもうひとつの端緒の成立─〈小説〉からの視座」（同『源氏物語論』岩波書店、二〇〇〇年）陣内英則「『源氏物語』と唐代伝奇の〈語り〉と〈書く〉こと─物語伝承の仮構の方法─」（早稲田大学古代文学比較文学研究所編『交錯する古代』勉誠出版、二〇〇四年）、高田祐彦「唐代伝奇から源氏物語へ─空蟬の物語をめぐって─」（同『源氏物語の文学史』東京大学出版会、二〇〇三年）など。なお、一連の研究について、長瀬由美「『源氏物語』と中国文学史との交錯─不可知なるものへの語りの方法─」（日向一雅編『源氏物語　重層する歴史の諸相』竹林舎、二〇〇六年）に詳しく、参照されたい。

（13）陳寅恪「読鶯鶯伝」（『元白詩箋証稿』生活・読書・新知三聯書店、二〇〇一年、初出一九四二年）。

（14）同注10。

（15）戸倉英美「伝奇小説とは何か」（『月刊しにか』一九九七年十月）。

（16）唐代伝奇における金銭と商業の問題について、竹田晃「唐代伝奇における金銭感覚」（『日本中国学会創立五十年記念論文集』汲古書院、一九九八年）を参照されたい。

（17）「李娃伝」のテキストは黒田真美子著『中国古典小説選第5巻　枕中記・李娃伝・鶯鶯伝他〈唐代II〉』（明治書院、二〇〇六年）による。

（18）『旧唐書』巻一九九上・東夷伝に「開元の初め、又使を遣わして来朝す。因って儒士に経を授けんことを請う。（中略）得る所の錫賚、尽く文籍を市い、海に泛べて還る」とある。

（19）晩唐・裴鉶撰『伝奇』は散逸したが、「文蕭」は北宋・陳元靚撰『歳時広記』に収録されており、本稿では南宋・曾慥の『類説』を底本とした『全唐五代小説』第三冊（李時人撰、陝西人民出版社、一九九八年）を参照した。

（20）静永健「白居易の青春と徐州、そして女妖任氏の物語」（『中国文学論集』二〇〇六年十二月）、同「白居易『任氏行』考」（『文学研究』二〇〇七年三月）。

（21）同注20。

（Sponsored by National Social Science Foundation of China [No. 09cww003]）

古注釈からみる源氏物語と唐代伝奇

河野貴美子

はじめに

本稿では、「源氏物語と唐代伝奇」という全体テーマに対して、『源氏物語』の古注釈書の記述から検討を試みる。

「唐代伝奇」というジャンル、その枠組みは、唐代当時には明確なものとしていまだ現れておらず、後代に至り新たに与えられた用語であることは周知の通りである。本稿においては、『源氏物語』の時代において唐代のいわゆる「伝奇」的作品がいかなるものとして認識され、位置づけられていたのかを改めて問い直しつつ、『源氏物語』との関係について再考してみたい。

具体的には、まず、中国の文学史あるいは書物の歴史の中で「唐代伝奇」がいかに生まれ、いかに取り扱われてきたのかを、目録への著録や現存テキストの状況を通してみる。そして、

『河海抄』を中心とする幾種かの代表的な『源氏物語』古注釈書において、「唐代伝奇」との関係がどのように見出され、読み取られ、伝えられてきたのかを検討していく。

『河海抄』は、『源氏物語』の表現世界と漢籍との関係を詳細に追究した一頂点をなすものといえようが、その『河海抄』が注解に際して取りあげる「唐代伝奇」は、専ら『長恨歌伝』と『遊仙窟』のみである。本稿においては、そのうち特に、『源氏物語』古注釈書が『遊仙窟』に言及する箇所に注目し、『遊仙窟』あるいは「唐代伝奇」が、『源氏物語』ひいては日本の古典文学作品に及ぼした影響とその意義について、若干の考察を試みたい。

一 「唐代伝奇」および『遊仙窟』

1 「唐代伝奇」の著録状況

まずは、何をもって「唐代伝奇」とするのか、その典型例として、明治書院の新釈漢文大系中の『唐代伝奇』に収められた作品を一覧しよう。

「唐代伝奇」（内田泉之助・乾一夫『新釈漢文大系　唐代伝奇』明治書院、一九七一年九月所収作品）の著録状況（北宋期以前）と現存テキスト

	作品（作者）	著録	現存テキスト
1	古鏡記（王度）	『崇文総目』子部小説類下	『太平広記』巻二三〇・器玩二「王度」（出異聞集）
2	補江総白猿伝（闕名）	『新唐書』芸文志・丙部子録小説家類	『太平広記』巻四四四・畜獣十一「欧陽紇」（出続江氏伝）
3	離魂記（陳玄祐）	『崇文総目』子部小説類下	『太平広記』巻三五八・神魂一「王宙」（出離魂記）
4	枕中記（沈既済）	『国史補』巻下、『唐語林』巻二・文学	『太平広記』巻八二・異人二「呂翁」（出異聞集） 『文苑英華』巻八三三・記三十七・寓言
5	任氏伝（沈既済）		『太平広記』巻四五二・狐六「任氏」（沈既済撰）
6	柳氏伝（許尭佐）		『太平広記』巻四八五・雑伝記二「柳氏伝　許尭佐撰」

7	柳毅伝（李朝威）		『太平広記』巻四一九・龍二「柳毅」（出異聞集）
8	李章武伝（李景亮）		『太平広記』巻三四〇・鬼二十五「李章武」（出李景亮為作伝）
9	人虎伝（李景亮）		『太平広記』巻四二七・虎二「李徴」（出宣室志）
10	霍小玉伝（蔣防）		『太平広記』巻四八七・雑伝記四「霍小玉伝　蔣防撰」
11	南柯太守伝（李公佐）	『国史補』巻下、『唐語林』巻二・文学	『太平広記』巻四七五・昆虫三「淳于棼」（出異聞録）
12	謝小娥伝（李公佐）		『太平広記』巻四九一・雑伝記八「謝小娥伝　李公佐撰」
13	李娃伝（白行簡）		『太平広記』巻四八四・雑伝記一「李娃伝」（出異聞集）
14	長恨伝（陳鴻）		『白氏長慶集』巻十二 『太平広記』巻四八六・雑伝記三「長恨伝　陳鴻撰」

			『文苑英華』巻七九四・伝三
15	鶯鶯伝（元稹）		『太平広記』巻四八八・雑伝記五「鶯鶯伝 元稹撰」
16	周秦行紀（韋瓘）		『李文饒外集』巻四 『太平広記』巻四八九・雑伝記六「周秦行記 牛僧孺撰」
17	無双伝（薛調）		『太平広記』巻四八六・雑伝記三「無双伝 薛調撰」
18	杜子春伝（李復言）		『太平広記』巻十六・神仙十六「杜子春」（出続玄怪録）
19	紅線伝（袁郊）		『太平広記』巻一九五・豪俠三「紅線」（出甘沢謡）
20	崑崙奴（裴鉶）		『太平広記』巻一九四・豪俠二「崑崙奴」（出伝奇）
21	聶隠娘（裴鉶）		『太平広記』巻一九四・豪俠二「聶隠娘」（出伝奇）

22	虬髯客伝（杜光庭）	『崇文総目』史部伝記類上	『太平広記』巻一九三・豪俠一「虬髯客」（出虬髯伝）

参考＝李剣国『唐五代志怪伝奇叙録』（南開大学出版社、一九九三年十二月）、寧稼雨『中国文言小説総目提要』（斉魯書社、一九九六年十二月）等。

新釈漢文大系『唐代伝奇』は、「例言」によると、「二十二篇の代表的伝奇作品を選んで」編纂されたものである。しかしそこに収められた作品のほとんどは、中国正史の目録等には著録されていない。『太平広記』巻四八四・雑伝記一～巻四九二・雑伝記九所収の作品は多くが「〇〇伝　〇〇撰」と掲出されており、当時既に単行していた作品であったことが推察されるが、それらにおいても目録類への著録はない。目録におけるこうした著録状況が、古代中国でこれらいわゆる「俗文学」的作品が決して重視される存在ではなかったことを顕著に反映するものであるという点については、夙に狩野直喜が指摘しているところである(1)。

ただ、『太平広記』がこれらの作品を収める出典として掲げる典籍、すなわち『異聞集』『宣室志』『続玄怪録』等は、『新唐書』芸文志において丙部子録小説家類に著録されている。一方、19「紅線伝」の出典として掲げられている『甘沢謡』は、『崇文総目』においては史部伝記類上に、『新唐書』芸文志においては丙部子録小説家類に著録されている。

ちなみに、『日本霊異記』上巻序文に、中国における類同の先行作品として挙げられている

『冥報記』は、『旧唐書』経籍志においては乙部史録雑伝類に著録されるものの、『新唐書』芸文志においては乙部史録雑伝記類と丙部子録小説家類の双方に著録されている。また、「唐代伝奇」の先駆的存在とされる中国六朝のいわゆる「志怪小説」、例えば祖台之『志怪』、孔氏『志怪』といったまさに「志怪」という名をもつ書目は、『隋書』経籍志においては史部雑伝、『旧唐書』経籍志においては乙部史録雑伝類に著録されているが、『新唐書』芸文志では丙部子録小説家類へと分類が移されている。

これは、六朝以後大量に生み出された「志怪説話」類が、はじめ歴史の記録の一端として史部に著録されていたものの、宋代に至ると「小説」というカテゴリーでそれらを捉えようとする、認識の変化が生じたことを象徴的に示している。そして、唐末に生み出された裴鉶の『伝奇』は、小説類（『新唐書』芸文志）に著録されるのである。

この、『隋書』経籍志から『旧唐書』経籍志、『新唐書』芸文志へ至る、「志怪」「伝奇」類の著録状況の推移は、各おのの目録における史部雑伝と子部小説の書目数の変化にも端的に反映されている。

▽史部雑伝と子部小説の書目数

・『隋書』経籍志

史部雑伝…二一七部一二八六巻〔通計亡書、合二一九部、一五〇三巻。〕

子部小説…二十五部一五五巻

・『旧唐書』経籍志

乙部史録雑伝類…一九四部、褒先賢耆旧三十九家、孝友十家、忠節三家、列藩三家、良史二家、高逸十八家、雑伝五家、科録一家、雑伝十一家、文士三家、仙霊二十六家、高僧十家、鬼神二十六家、列女十六家、凡一九七八巻

丙部子録小説類…十三部九十巻

・『新唐書』芸文志

乙部史録雑伝記類…一二五家、一四六部、一六五六巻。〔失姓名十四家、崔玄暐以下不著録五十一家、二五七四巻。〕総一四七家、一五一部。

丙部子録小説家類…三十九家、四十一部、三〇八巻。〔失姓名二家、李恕以下不著録七十八家、三三一七巻。〕

中国現存最古の目録である『漢書』芸文志から『隋書』経籍志に至る、中国の目録分類における最も大きな変化は史部の成立であったといえる。(2) そして、六朝以降陸続と生み出された「志怪」には、その史部の中の「雑伝」というカテゴリーが与えられたのであった。『隋書』経籍志において、子部小説に著録される書目は、史部雑伝に較べわずかな数でしかない。

しかしその後、唐代に至り現れた「伝奇」に対しては、それらを「小説」として捉える新たな認識が生じることとなった。そして、従来「史部雑伝」に著録されていた「志怪」をも含めて「小説」という分類へ移してまとめられるに至ったのである。『旧唐書』経籍志から『新唐書』芸文志に至る小説類の書目の増加は、「伝奇」の出現と、それまで雑伝類に著録されていた「鬼神」等に関わる書目が小説類に移項されたことによる。

しかし、現代において「唐代伝奇」の代表的存在とされる「任氏伝」や「鶯鶯伝」といった個々の作品は、目録類へ著録されることすらないのであった。それではそれらの作品はいかなるテキストによって伝えられたのだろうか。

2 「唐代伝奇」の現存テキスト

前掲の表にも示したとおり、いまいわゆる「唐代伝奇」として扱われる作品の多くは、『太平広記』あるいは『文苑英華』所収の本文が最も古いテキストとして伝わっている。『太平広記』および『文苑英華』はともに、北宋・太宗の勅命により李昉等が編纂した「宋四大書」の一である。それではこれらの書物において、「唐代伝奇」はいかなる意義や価値を持つものとして収集されたのであろうか。

▽李昉「太平広記表」

臣昉等言。臣先奉勅撰集太平広記五百巻者。伏以六籍既分、九流並起。皆得聖人之道、以尽万物之情。足以啓迪聡明、鑒照今古。伏惟皇帝陛下、体周聖啓、徳邁文思、博綜群言、不遺衆善。以為編秩既広、観覧難周。故使采摭菁英、裁成類例。惟茲重事、宜属通儒。臣等謬以謏聞、幸塵清賞。猥奉修文之寄、曾無叙事之能。退省疎蕪、惟増靦冒。其書五百巻、并目録十巻、共五百十巻。謹詣東上閤門奉表上進以聞、冒涜天聴。臣昉等誠惶誠恐頓首頓首謹言。

太平興国三年（九七八）八月十三日

右の「太平広記表」には、「采摭菁英、裁成類例」（傍線部）とあり、「小説」「伝奇」を集めたという言い方はなされていない。しかし、実際ここに収められているのは「漢から五代までの小説の類」[3]であり、中国文学史上、官撰の書物として「小説」「伝奇」的作品が一つにまとめられたことには、そうした作品が一群一ジャンルをなすものとして認定されるに至った、当時の文学、書物の状況を反映する画期的な意義があろう。

また、『文苑英華』（九八七年成立）は、『文選』を継ぐ意図で編纂された総集である。その「伝」「記」の類には、数はわずかではあるが「伝奇」が収められている（『長恨歌伝』、『枕中記』。前掲表参照）。これはすなわち、当時の文の範たりうる作品としてこれらの「伝奇」の価値が認められたことを示していよう。

ところで、『太平広記』や『文苑英華』の編纂は、ちょうど『源氏物語』成立の直前の時期にあたる。「唐代伝奇」が陸続と現れ、その存在が中国の文学や書物の世界に一定の位置を占めるようになってきた、その新たな動きを、海を隔てた日本ではいかほどに感じ、影響を受けたのか。その状況を直接示し伝えてくれる資料は、残念ながら多くない。また、はじめにも触れたように、『源氏物語』の古注釈書において取りあげ言及される「伝奇」は、わずかに『長恨歌伝』と『遊仙窟』に尽きる。さらには、日本にのみ佚存書として伝存する『遊仙窟』とその他の「唐代伝奇」との関係をいかにとらえるべきかという問題もなお存する。

しかし、『長恨歌伝』や『遊仙窟』といった作品が日本の古代文学に大きな影響を与えていることは紛れもない事実である。以下、そのうち特に『遊仙窟』が『源氏物語』に与えた影響について、『源氏物語』の古注釈の指摘を通じて考察を進めていくが、その前に『遊仙窟』に関する基本事項を確認しておく。

3 『遊仙窟』について

『遊仙窟』は唐・張鷟（七世紀中～八世紀初?、字は文成）の撰。中国では夙に失われ、目録にも著録がない、日本にのみテキストが伝存した「佚存書」である。張鷟は、『遊仙窟』のほか、『朝野僉載』二十巻や『龍筋鳳髄』十巻等の著書がある唐代の文人で、左にあげる『桂林風土記』には、その文章が特に新羅や日本の使者に好まれ、その「文集」が本国に持ち帰られたと記録されている。

▽唐・莫休符『桂林風土記』「張鷟」

張鷟、字文成、深川陸渾人也。後趙右侯賓之裔。鷟少聡敏過人。其祖斉工文学。以当時儒士多称鷟之才、莫不嘆異。……又新羅・日本国、前後遣使入貢、多求文成文集帰本国。其為声名遠播如此。……

『遊仙窟』は、主人公の男性張生と美女崔十娘が出会い過ごした一夜を、技巧的修辞に満ちた駢文と多くの詩によって書き綴った作品で、当時の俗語表現もしばしばみられる。次にあげるのは、『遊仙窟』の訓読に難儀した大江維時がそれを木島神主から授かったという「訓読伝説」である。

▽藤原孝範(一一五八～一二三三)『明文抄』三・人倫部

故人伝曰、遊仙窟説甚以興。天暦御時、有御談之御志而当時伝其説之人只木島神主失名知説之由風聞。仍江納言維時卿、忽策疋馬、詣木島神主。示可受此説之旨。神主敷荒薦於庭上、具授其説云々。維時卿馳帰、参禁裏奉授之。

これは、難解な『遊仙窟』本文の「訓読」に古代日本人がいかに苦労したかを物語るものであろう。現に、現存する金剛寺本、醍醐寺本、真福寺本、陽明文庫本等の古写本にはいずれも

詳細な訓点が施されている。そして、『遊仙窟』の訓読には、特殊な訓読語がまま見えることも特徴とされている。(4)

『遊仙窟』は、その言語表現の面においても、また、内容の面からも、『万葉集』以降の日本古典文学にさまざまな影響を与えた。

それでは、『源氏物語』においては、『遊仙窟』のいかなる影響があり、古注釈書はそれらをどのように指摘してきたのだろうか。

二　古注釈書からみる『源氏物語』と『遊仙窟』

1　『奥入』『光源氏物語抄』が指摘する『遊仙窟』との関係

まず、『奥入』や『光源氏物語抄（異本紫明抄）』等、『河海抄』以前の古注釈が指摘する『遊仙窟』との関係からみていく。なお、本稿末尾には、『河海抄』が注釈に『遊仙窟』を引く箇所を一覧にし、『奥入』や『光源氏物語抄』『紫明抄』等との記述の重複状況を付表として掲げた。

〔A〕容貌似舅、潘安仁之外甥　気調如兄、崔季珪之小妹

『奥入』は、蜻蛉巻の注釈において、『遊仙窟』の文を引く。『源氏物語』蜻蛉巻の当該箇所は、この『奥入』から『岷江入楚』に至るまで、注釈に一貫して『遊仙窟』が取りあげられる周知の部分である（付表49、50参照）。

▽『奥入（大橋家本）』かけろふ（一四〇頁）

遊仙窟

故々将ニ纖手一時々弄ニ小絃一、耳聞猶気絶、眼見若為怜

気調如兄崔季珪之小妹、容貌似ニ舅一潘安仁之外甥

▽『源氏物語』蜻蛉巻（六―二七一～二七二頁）

「など、かくねたまし顔に掻き鳴らしたまふ」とのたまふに、……「似るべき兄やははべるべき」と答ふる声、中将のおもととか言ひつるなりけり。「まろこそ御母方のをぢなれ」と、はかなきことをのたまひて、……

右にあげた『源氏物語』蜻蛉巻では、琴の爪音を耳にした薫が、『遊仙窟』で十娘が琴を「故々（ねたまし顔に）」弾く場面を引き合いに出したのを機として、中将のおもとと薫が、「（崔季珪のような）兄はいない」「私こそ（潘安仁同様）母方の叔父だ」と、いずれも『遊仙窟』の本文をふまえた会話を展開していく。

「容貌似舅、潘安仁之外甥　気調如兄、崔季珪之小妹」は、『遊仙窟』中、側仕えの女が崔十

娘の美しさについて、美男子潘安仁を叔父に、あるいは美男子崔季珪を兄にもつと言えるほどだ、と紹介する箇所である。『和漢朗詠集』巻下・妓女にも収載されており、当時よく知られた表現であったことが知られる。

しかし、美貌を説くために用いられた『遊仙窟』中のこの譬喩は、なにゆえこれほどまでに人々の好むところとなったのであろうか。それは、潘安仁と崔季珪の二人がともに『世説新語』容止に並び載る人物であったことに一因があるのではないだろうか。

▽『世説新語』容止第十四（各記事の通し番号は余嘉錫『世説新語箋疏』に拠る）

1　魏武将見匈奴使、自以形陋、不足雄遠国、使崔季珪代、帝自捉刀立牀頭。既畢、令間諜問曰、「魏王何如」。匈奴使答曰、「魏王雅望非常（【劉孝標注】魏志曰。崔琰字季珪、清河東武城人。声姿高暢、眉目疏朗、鬚長四尺、甚有威重。」）、然牀頭捉刀人、此乃英雄也」。魏武聞之、追殺此使。

7　潘岳妙有姿容、好神情（【劉孝標注】岳別伝曰、岳姿容甚美、風儀間暢。」）。

9　潘安仁・夏侯湛並有美容、喜同行、時人謂之「連璧」。

『世説新語』は平安期の日本において非常によく読まれた漢籍の一であった。例えば、三善清行は紀長谷雄とともにその難儀を釈して「世説一巻私記」を著したと伝わる。[5] また、中国では失われた『世説新語』唐写本が零本ながら日本には伝存することも[6]、古代日本で『世説新語』が好んで読み継がれた状況を反映していよう。

崔季珪（一五九～二一六）と潘安仁（二四七～三〇〇）とは、在世の年代は異なるが、崔季珪は『世説新語』容止の第一条に、潘安仁は同第七条と第九条に、優れた容姿をもつ人物として同じく取りあげられている。そして、『遊仙窟』の当該本文は、この二人の名を並べ、駢文の対句として新たに構成したものであり、こうした文章構成の技法、表現の魅力を古代日本人は好み学び取ろうとしたのではないか。

ちなみに、『万葉集』巻五の山上憶良「沈痾自哀文」が引く「遊仙窟曰、九泉下人、一銭不直」の「九泉下人」という『遊仙窟』の表現も、もとは『世説新語』品藻第九に「庾道季云、……曹蜍・李志、雖見在、厭厭如九泉下人」と見えるものである。これもまた、『世説新語』の表現のアレンジだからこそ特に憶良にも注意されたということかもしれない。

〔B〕一眉猶叵耐、双眼定傷人

次に、『光源氏物語抄』が『遊仙窟』との関連を指摘する箇所をみる。

▽『光源氏物語抄』桐壺（一五六頁）

けにえたうましうない給ふと云事

一眉（ノ）猶（タモ）叵耐（エタウマシキニナラヘル）　双眼（ハ）定傷（テソコナイテン）人（ヲ）　西円釈

▽『源氏物語』桐壺巻（一―二七頁）

南面におろして、母君もとみにえものものたまはず。「今までとまりはべるがいと憂きを、かかる御使の蓬生の露分け入りたまふにつけても、いと恥づかしうなん」とて、げにえたふまじく泣いたまふ。

▽『遊仙窟』（四〇頁）

挙頭門中、忽見十娘半面。余則詠曰、

斂咲偸残靨　含羞露半唇

一眉猶叵耐　双眼定傷人

桐壺更衣の死後、更衣の母が、帝から遣わされた靫負命婦を迎えてともに更衣の死を嘆く、桐壺巻の場面。『光源氏物語抄』が「西円釈」として引くのは、右に掲げた『遊仙窟』中の「余（張生）」の詩の一聯である。桐壺巻の「えたふまじく泣いたまふ」の部分の注解として、『遊仙窟』詩中の「叵耐（エタウマシキニ）」という語句を引くことは、『紫明抄』『河海抄』そして『岷江入楚』まで継承されていく（付表4参照）。

しかし、『遊仙窟』の当該詩は、美しい十娘の姿を見た張生が「一眉」、すなわち片方の眉を見るだけでも恋しさに耐えかねる、と詠むものであり、更衣の死を嘆く桐壺巻の文脈とは全く異なる。それでは、なにゆえ、この箇所の注解にこの『遊仙窟』詩が引かれなければならなかったのだろうか。

実はこの「叵耐」とは、他の唐詩にはほとんど用例が見られない、珍しい俗語的表現である(7)。『遊仙窟』中の特異な俗語表現の訓読語として与えられた「エタウマシキニ」と同じ表現が『源氏物語』本文にみえること、古注釈書は、そのことを特に意識して伝えようとしたのではないか。

なお、『源氏物語』本文に、漢籍の訓読語と重なる表現があることは、古注釈書においてしばしば指摘されるところである(8)。中でも特に、『河海抄』は、『遊仙窟』中の俗語表現に対する訓読語と同じ語彙表現が『源氏物語』中に見えることを他にも指摘している。

▽『河海抄』空蟬（〔 〕は双行、以下同。一―一二三頁）

　おもと

　侍者(オモト)〔白氏文集〕御許〔新猿楽記〕遊仙窟云従渠(ヨシヤヲモト)〔渠ハ汝也。儞也〕

　大鏡云いふかひなきほとの物にもあらすおもとほとのきはにてそありける

　和泉式部か童名を御許丸といひけり

▽『源氏物語』空蟬巻（一―一二七～一二八頁）

「またおはするは誰そ」と問ふ。「民部のおもとなめり。けしうはあらぬおもとの丈だちかな」と言ふ。……このおもとさしよりて、「おもとは、今宵は上にやさぶらひたまひつる。……」

『源氏物語』空蟬巻で、女房に対する敬称、あるいは呼びかけの二人称として用いられている「おもと」の語に対して、『光源氏物語抄』は「おもと、は　侍者（ヲモトヒト）又御許　之条意歟　是常訓也　教隆」との注解を付している。それに加えて『河海抄』は、『遊仙窟』の「従渠」の語を「ヨシヤヲモト」という訓とともに引き、また『遊仙窟』旧注に見える「渠、汝也」の訓詁も合わせて引いている（付表15参照）。

ここで『河海抄』が引く「渠」の語もまた、唐代の俗語表現である。そして、注意したいのは、通常この語は第三人称の代名詞として用いられることである(9)。しかし、『遊仙窟』中には、呼びかけの二人称としての「渠」がしばしば見え、『河海抄』が引く「従渠」の部分には、醍醐寺本では「従渠（ヨシヤキミ）」、金剛寺本と真福寺本では「従渠（ヨシヤヲモト）」との付訓がなされている(10)。

「をもと」と訓じられた『遊仙窟』中の唐代俗語の「渠」、しかもそこではそれは呼びかけの二人称として用いられる特異な用法なのであった。『河海抄』の注は、『源氏物語』中のこうした細部の表現において、『遊仙窟』の訓読から発生した語が存在することを逃さず指摘しているのではないだろうか。

〔C〕窮鬼

▽『光源氏物語抄』あふひ（二三三頁）

もの、けいきすたまなと云物いとおほく出と云事

遊仙窟云　窮鬼故調人注云魂与鬼通ヲ云略〔素寂〕

▽『源氏物語』葵巻（二―三二〜三二頁）

大殿には、御物の怪めきていたうわづらひたまへば……御修法や何やなど、わが御方にて多く行はせたまふ。物の怪、生霊などいふもの多く出で来て……

▽『遊仙窟』（五三頁）

少時坐睡、即夢見十娘。驚覚攬之、忽然空手。……余因詠曰、

夢中疑是実　覚後忽非真

誠知腸欲断　窮鬼故調人

もう一例、『源氏物語』葵巻に対する注釈をみよう。

懐妊中の葵の上を苦しめる「物の怪」、「生霊」の語の注解として『遊仙窟』中の「窮鬼」の語を引くこともまた、『光源氏物語抄』『紫明抄』以後、『河海抄』、『岷江入楚』へと継承されていくものである（付表27参照）。「いきすだま」の語の背景に『遊仙窟』の「窮鬼」の語があることを、これら『源氏物語』古注釈書は一貫して意識にのぼらせているのである。それはな

ぜか。

『遊仙窟』の訓読語は、さまざまな古辞書に繰り返し収載されている。例えば『和名類聚抄』には、夙に十四例の『遊仙窟』訓読語が引載されており、「窮鬼：伊岐須太萬」の訓もその一である。[11]また『光源氏物語抄』をはじめとする『源氏物語』古注釈書、中でも『河海抄』は、『和名類聚抄』あるいは『図書寮本類聚名義抄』に載る『遊仙窟』訓読語を注釈に引用する例がまま見られる（付表14、33、43「細々許：さゝやかなり」、6「横陳：そひふし」、8「料理：しつらふ」、12「関情：こころつき」等）。これらの語は、古辞書に記載されたことによって、『遊仙窟』から発生した訓読語、いわば「遊仙窟語」として特に意識されたものであったのではないだろうか。

なお、『遊仙窟』の当該箇所は、まどろみの中で十娘の姿を夢見た張生が、目覚めて十娘をつかもうとしたがつかむことができず、「窮鬼」にたぶらかされたと詠むのであり、葵の上を苦しめる「いきすだま」に比べるとその深刻さは全く異なる。しかしそれでも古注釈書が『遊仙窟』を引くのは、この語が、『和名類聚抄』以来の古辞書に載る、よく知られた『遊仙窟』訓読語であったためではないかと推測されるのである。

それでは次に、『河海抄』が指摘する『源氏物語』と『遊仙窟』との関係について、考察を続ける。

2 『河海抄』が指摘する『遊仙窟』との関係

『河海抄』は、四辻善成（一三二六～一四〇二）が、貞治年間（一三六二～六八）に、室町幕府第二代将軍足利義詮の命により撰進したものである。『河海抄』は、『源氏物語』古注釈の中でもとりわけ博引旁証で、『源氏物語』本文における漢語由来の表現や故事の典拠を次々と挙げていく。『河海抄』の注釈は、『源氏物語』中に溶け込んでいた中国的要素を改めて抽出してみせつつ、『源氏物語』において、中国的なものと日本的なものとがどのように重なり合い、響き合っているかを解き明かしていくものといえる。(12) 以下、『河海抄』が『遊仙窟』を引いて『源氏物語』を解釈する例をとりあげ、検討を加えていきたい。

〔D〕心非木石豈忘恩

▽『河海抄』蜻蛉（二―四七二頁）

人ほくせきにあらされはみななさけありとうちすしてふし給へり

人非木石皆有情　不如(シカシ)不遇(ニハ)傾城色(ヲ)　白氏文集

心非木石豈忘(ワスレンヤ)恩(ヲ)　遊仙窟

仁王経云　初一念識　異(コトナリ)木石(ニ)生得善生得悪(ノアリ)

▽『源氏物語』蜻蛉巻（六―二二二頁）

我も、かばかりの身にて、時の帝の御むすめをもちたてまつりながら、この人のらうたくおぼゆる方は劣りやはしつる、まして、今は、とおぼゆるには、心をのどめん方なくもあるかな、さるは、をこなり、かからじ、と思ひ忍ぶれど、さまざまに思ひ乱れて、「人木石にあらざればみな情あり」と、うち誦じて臥したまへり。

▽『遊仙窟』（一九四頁）

下官拭涙而言曰、犬馬何識、尚解傷離。鳥獣無情、猶知怨別。心非木石、豈忘深恩。

『河海抄』は、それ以前の注釈書が『遊仙窟』との関係を指摘しない箇所においても、しばしば『遊仙窟』を引くことがある。右の例もその一である。『奥入』以下、『光源氏物語抄』や『紫明抄』は、当該箇所の注釈として『白氏文集』巻四・新楽府「李夫人」あるいは「経」を引用するのみであったのに対して[13]、『河海抄』は新たに『遊仙窟』の一節を注解に加える（付表46、48参照）。

しかし、浮舟の入水後、その死を悲しむ薫が「うち誦じ」たのは、ほかならぬ白居易「李夫人」中の「人非木石皆有情」の一句であり、『源氏物語』の当該箇所に対して『遊仙窟』まで引いてくる『河海抄』の注釈は蛇足とも思える。

また例えば、次に挙げる絵合巻の例も、『河海抄』はただ「碁」（と人の天分）ということからの連想のみで『遊仙窟』の一節を引いているように思われる。

▽『河海抄』絵合（一―四二三頁）

ふてとる道とこうつこと、こそあやしく玉しゐの程みゆるを

遊仙窟云　囲碁出於智恵

しかし別の角度から見るならば、こうした注釈態度は、当時いかに『遊仙窟』の言語、表現やその存在が『源氏物語』の読解に際して意識されていたのかを物語るものでもあるといえよう。

〔E〕無事　何須　無情

▽『河海抄』桐壺（一―二五頁）

あちきなう

無為〔史記　高紀　白氏文集　古語拾遺〕

無道〔日本紀／此心歟〕無状〔同〕

無事〔遊仙窟〕何須（ソアチキナウ）〔同〕無情〔同〕

無端〔舎利式〕

▽『光源氏物語抄』桐壺（一四九～一五〇頁）

あちきなうと云事

無レ為日本記　無事万葉　無情

此等訓也　西円

▽『源氏物語』桐壺巻（一―一七～一八頁）

唐土にも、かかる事の起こりにこそ、世も乱れあしかりけれと、やうやう、天の下にも、あぢきなう人のもてなやみぐさになりて、楊貴妃の例もひき出でつべくなりゆくに、いとはしたなきこと多かれど、かたじけなき御心ばへのたぐひなきを頼みにてまじらひたまふ。

これもまた、『河海抄』が、それ以前の注釈書の注解の上に、『遊仙窟』の語句を新たに付け加えて注釈を再構成している例である。『河海抄』においては、この例のように、『源氏物語』本文中の「和語」に対して、それに対応する「漢語」をさまざまな典籍から列挙していく箇所が数多く見られる。[14]

ある「和語」（訓読語）」が、どのような「漢語」と結びつくものであるのかを、その典拠とともに列挙していくこうした『河海抄』の方法は、辞書の体例とも通じるものである。ちなみに、『遊仙窟』中の「無事」「無情」を「あぢきなし」と訓ずることは、『図書寮本類聚名義抄』以下の古辞書にも引載されている[15]（付表2参照）。しかし、平安～室町期の古辞書のうち、「あぢきなし」の語に関して『河海抄』の記載と全て一致する記述をもつものは見出せず、四辻善成がいかなる資料に基づいてこうした注釈文を構成しえたのかは未詳である。

さて、『河海抄』は、当該箇所において、『日本紀』中の「無道」の語を引き、[16]「此心歟」とのコメントを付しつつも、さらに『遊仙窟』の語をも引いていく。

そして、ここでいささか奇妙に感じられるのは、『河海抄』がここに列挙する典籍は、それぞれ性格が大きく異なることである。すなわち、『源氏物語』中の一語句に対して、正史筆頭に位置づけられる『史記』と、『遊仙窟』の語を同列に並べる態度には、いささかの違和感がぬぐえない。実際、『史記』高祖本紀における「無為」の語と、『遊仙窟』における「無事」「無情」の語とでは、その語のもつ意味合いはかなり異なるのである。

▽『史記』高祖本紀

於是樊噲従劉季来。沛令後悔、恐其有変、乃閉城城守、欲誅蕭・曹。蕭・曹恐、踰城保劉季。劉季乃書帛射城上、謂沛父老曰、「天下苦秦久矣。今父老雖為沛令守、諸侯並起、今屠沛。沛今共誅令、択子弟可立者立之、以応諸侯、則家室完。不然、父子倶屠、無為也」。

▽『遊仙窟』（四二～四三頁）

下官寓遊勝境、旅泊閑亭、忽遇神仙、不勝迷乱。……無情明月、故故臨窓、多事春風、時時動帳。……元来不見、他自尋常、無事相逢、却交煩悩。

まず、『史記』高祖本紀において、劉季（高祖）が沛の父老に言ったのは、いま沛の令を殺さなければ家室を全うできず、父子ともに殺されて「無為」、すなわち、すべなくなってしまう、という内容である。一方『遊仙窟』にみえる「無情」「無事」の語は、張生が十娘に贈った手紙の中に使用されたものであり（金剛寺本、醍醐寺本にはいずれも各おの「アチキナキ」「アチキナク」の付訓あり）、国の興亡に関わる『史記』の文における含意とは大きく異なる。

にもかかわらず、それでも『河海抄』が『遊仙窟』語を注釈に引くのは、さまざまな訓読語を発生させた作品として、後世に至るまで『遊仙窟』が強く意識されていたことを示すのではなかろうか。

さて、しかし、『河海抄』が『遊仙窟』を注釈に引用する場合、そのどれもが右に見た例のように、『源氏物語』本文の文脈とかけはなれた、直接関係の薄いものばかりというわけではないようである。『河海抄』における『遊仙窟』引用箇所を引き続き検討してみる。

〔F〕坐睡

▽『河海抄』若菜下（二—二〇六頁）

いさゝかまとろむともなき夢に

睡（マトロム） 遊山窟 坐睡（イナカラ）

▽『源氏物語』若菜下巻（四—二二六頁）

ただいささかまどろむともなき夢に、この手馴らしし猫のいとらうたげにうちなきて来たるを、この宮に奉らむとてわが率て来たると思しきを、何しに奉りつらむと思ふほどにおどろきて、いかに見えつるならむと思ふ。

▽『遊仙窟』（五三頁）

少時坐睡、即夢見十娘。驚覚攬之、忽然空手。心中悵怏、復何可論。余因詠曰、

夢中疑是実　覚後忽非真

誠知腸欲断　窮鬼故調人

『源氏物語』若菜下巻にみえる「まどろむ」という語に対する注釈である。『河海抄』以前の注釈書においては注解が付されないこの箇所に、『河海抄』は『遊仙窟』の「坐睡」の語を引いている。

『源氏物語』の当該部分は、女三の宮への逢瀬の願いを叶えた柏木が、しばしのまどろみの中で猫の夢を見る場面である。一方の『遊仙窟』において「坐睡：ヰナカラマトロム」（醍醐寺本、真福寺本等付訓[17]）の語が使用されるのは、十娘に対して手紙や詩で思いを伝える張生が、ふとまどろんだ際、夢に十娘を見て驚き目覚める場面である。念願の女性への思いを高まらせる中、ふいにまどろみ、意外な夢に驚き目覚めるという点で、両者の展開は共通する。

『河海抄』の注釈は、一見ただ『源氏物語』の「まどろむ」の語に対して、それに対応する漢語を指摘しているのみに見えるが、実は、その語を含む『遊仙窟』本文と重ね合わせて『源

氏物語』の当該箇所を読み取ろうとする意図があるのではないだろうか。同様の例をもう一箇所みる。

〔G〕下官将衣袖与娘子拭涙

▽『河海抄』若菜下（二―二〇六頁）

人の御涙をさへのこふ袖はいと、つゆけさのみまさる

下官の将衣ノ袖与娘子ニ拭ヲ　遊山窟

▽『源氏物語』若菜下巻（四―二二六～二二七頁）

院にも、今は、いかでかは見えたてまつらんと悲しく心細くていと幼げに泣きたまふを、いとかたじけなく、あはれと見たてまつりて、人の御涙をさへ拭ふ袖は、いとど露けさのみまさる。

▽『遊仙窟』（一七七頁）

少時天暁。已後両人倶泣、心中哽咽、不能自勝。侍婢数人、並皆歔欷、不能仰視。……下官乃将衣袖与娘子拭涙。十娘乃作別詩曰、……

先にみた〔F〕に続く直後の場面である。柏木との逢瀬が源氏に知られるのを恐れ悲しみ泣く女三の宮の涙を、柏木は自分の涙を拭った袖でさらに拭ってやる。一方の『遊仙窟』で「拭

涙」の語が見えるのは、朝になり別れの時を迎えた張生と十娘がともに涙にくれ、張生は自分の着物の袖で十娘の涙をも拭ってやるという場面である。逢瀬を経た男女が前途を悲観して涙を流し、女の涙を男が袖で拭ってやるという点で両者は共通する。

「涙を拭う」というのは、取りたてて見るべき特別な語ではないかもしれない。しかし例えば、小島憲之は、『万葉集』巻六・九六五、九六六番歌の左注の「於是娘子傷此易別、嘆難会、拭涕自吟振袖之歌」、また同九六八番歌の「ますらをと思へるわれや水茎の水城の上に泣拭はむ」の「拭涕」「泣拭」を『遊仙窟』「拭涙」の翻訳語ではないかと指摘している(18)。『源氏物語』若菜下巻の「まどろむ」「涙をさへ拭ふ」の語は、『河海抄』が指摘するように、その背後に『遊仙窟』世界を重ね合わせて読まれるべきものなのかもしれない。

おわりに

以上、『河海抄』以前の『源氏物語』古注釈書、および『河海抄』の注釈を通して、『源氏物語』と『遊仙窟』との関係がいかに指摘され読み取られてきたのかを、いくつかの観点から検討してきた。特に、『河海抄』に至りとみに増加する、『源氏物語』と『遊仙窟』との関係の指摘は、一見単語レベルの重なりを示すものにとどまるように見えるが、なかには物語の内容や展開そのものにも絡み合う表現のひびきあい、連想性を思わせるものがあることも見た。

なお、『遊仙窟』を繰り返し取りあげて注釈文を構成した『河海抄』を経て、一条兼良の『花鳥余情』（文明四年（一四七二））に至ると、その注解に『遊仙窟』が引かれることはほとんどなくなる。『花鳥余情』が唯一『遊仙窟』に言及するのは左にあげる蜻蛉巻であるが、そこでも『遊仙窟』の本文自体が引用されることはない(19)。

▽『花鳥余情』蜻蛉

なとねたましかほにかきならし給ふとの給ふに

遊仙窟に女のことひくをき〻ていへる也

にるへきこのかみやはへるへきと

これも遊仙窟の詞也　一品宮は女二宮の御このかみ也

うすもの〻ひとへきせたてまつりてみ給しなとはかたちのに給へる心なるへし

まろこそおほんは〻かたのおちなれと

是も遊仙窟の心をとりてかけり　かほる大将は明石の中宮の御弟なれは一品宮には母かたのおちにあたれる也

また、『源氏物語』古注釈を集成した中院通勝の『岷江入楚』（慶長三年（一五九八））には、『河海抄』の注解の多くがそのまま引載されるが、中には、『河海抄』を転引はするものの、本来『河海抄』の注釈にあった『遊仙窟』に関する記述は削除して載せない場合もままある（付表の「岷」項に×を記した箇所。例えば付表2「あちきなう」の注解において『岷江入楚』は「無事」「無情」といった『遊仙窟』語を略して載せない）。

このように、古注釈書において示される『源氏物語』と『遊仙窟』との関係の指摘は、『河海抄』を最多として、それより以降は画期的な進展が見られるわけではない。しかし、『遊仙窟』を先駆けとして、以後次々と生み出された「唐代伝奇」は、中国文学史上の新たなムーブメントとして現れたものだったのであり、それらはたしかに『源氏物語』をはじめ、日本古代の文学作品の形成に少なからぬ刺激となった、そのことは、『河海抄』をはじめとする『源氏物語』諸注釈書の個々のわずかな記載を通じてもさまざまな角度から確認することができるのである。

本稿は、『源氏物語』古注釈書すべてを網羅的に検討するものとはなしえず、また『長恨歌伝』の受容や影響についても言及することができなかった。さらには、『源氏物語』前後の物語文学や日本古典文学と『遊仙窟』、「唐代伝奇」との関係にも及ぶべきところではあるが、それらはすべて今後の課題としたい。

※本稿における主な引用文は以下のテキストによる。

・『源氏物語』…阿部秋生・秋山虔・今井源衛・鈴木日出男校注・訳『新編日本古典文学全集 源氏物語』一～六（小学館、一九九四年一月～一九九八年四月）。

・『奥入』『光源氏物語抄』…中野幸一・栗山元子編『源氏物語古註釈叢刊第一巻 源氏釈 奥入 光源氏物語抄』（武蔵野書院、二〇〇九年九月）。

・『河海抄』…天理図書館善本叢書編集委員会編『天理図書館善本叢書 和書之部 河海抄伝兼良筆本』一・二（天理大学出版部、一九八五年三月～五月）。

・『花鳥余情』…中野幸一編『源氏物語古註釈叢刊第二巻 花鳥余情 源氏和秘抄 源氏物語之内不審条々 源語秘訣 口伝抄』（武蔵野書院、二〇〇六年十月再版）。

・『遊仙窟』…八木沢元『遊仙窟全講』増訂版（明治書院、一九七五年一月）。なお、古写本等の『遊仙窟』諸本については、東野治之編『金剛寺本 遊仙窟』（塙書房、二〇〇〇年三月）、築島裕監修『醍醐寺蔵本 遊仙窟総索引』（古典籍索引叢書、汲古書院、一九九五年四月）、財団法人陽明文庫編『陽明叢書国書篇 第十四輯 中世国語資料』（思文閣出版、一九七六年十二月）、平井秀文「真福寺本遊仙窟・訳文稿」（『福岡学芸大学紀要二 第一部文科系統』一九五三年三月）、蔵中進編『江戸初期無刊記本 遊仙窟 本文と索引』（和泉書院、一九七九年八月）等参照。

・『明文抄』…続群書類従、雑部、第三十輯下（続群書類従完成会、一九五九年四月）。

・『太平広記』…『太平広記』(中華書局、一九六一年九月)。
・『桂林風土記』…叢書集成初編三一一八(商務印書館、一九三六年)。
・『世説新語』…余嘉錫『世説新語箋疏』(中華書局、一九八三年八月)。
・『史記』…『史記』(中華書局標点本、一九七二年)。

注

(1) 狩野直喜『支那小説史』第一章「総論」(『支那小説戯曲史』所収、みすず書房、一九九二年三月)に「俗文学が従来支那に重きを置かれざるは、目録に此れ等の書目を載せざるにより之れを知るべし」とある。
(2) 戸川芳郎「四部分類と史籍」(『東方学』八四、一九九二年七月)等参照。
(3) 『アジア歴史事典』「太平広記」の項(鈴木俊執筆、平凡社、一九六〇年十二月)。
(4) 築島裕「類聚名義抄の倭訓の源流について」(『国語と国文学』二七―七、一九五〇年七月)、吉田金彦「和訓からみた遊仙窟の諸本」(『国語国文』二五―七、一九五六年七月)、同「遊仙窟和訓の一特質―ヘヘヤカナリとツキツキシ―」(『国語国文』二七―二、一九五八年二月)、吉田金彦・築島裕・石塚晴通・月本雅幸編『訓点語辞典』「遊仙窟」の項(小助川貞次執筆、東京堂出版、二〇〇一年八月)、築島裕『平安時代の漢文訓読語につきての研究』(東京大学出版会、一九六三年三月)等参照。
(5) 『江談抄』第五「両音字通用事」。

（6）『世説新書』巻第六（国宝）。中田勇次郎監修、大阪市立美術館編『唐鈔本』（同朋舎出版、一九八一年二月）等参照。

（7）塩見邦彦『唐詩口語の研究』（中国書店、一九九五年一月）は、『遊仙窟』以外に崔楼の詩一例のみを挙げげる。なお、醍醐寺本『遊仙窟』では「叵耐」の部分に「タエカタキニ（右訓）」「カタキモノヲ（左訓）」との訓が付されている。

（8）『源氏物語』古注釈における『遊仙窟』訓読語については、平井秀文「源氏物語古注の「遊仙窟」訓」（一）～（三）（『日本文学研究』一二～一四、一九七六年十一月～一九七八年十一月）も参照。

（9）注7前掲塩見邦彦『唐詩口語の研究』等参照。

（10）金剛寺本は右訓に「ヨシヤヲモト」、左訓には「コトムナシキミ」との付訓がある。また、陽明文庫本は「従渠」の語に対して「ヨシヤミマイトコロ」との付訓がある。

（11）蔵中進「和名類聚抄と遊仙窟」（『神戸外大論叢』一八―四、一九六七年十月）等参照。

（12）『河海抄』の「和」「漢」に対する意識については、河野貴美子「『河海抄』の『源氏物語』注―和漢の先蹤計ふるに勝ふべからず」（小林保治監修『中世文学の回廊』、勉誠出版、二〇〇八年三月）、金孝淑『早稲田大学学術叢書8　源氏物語の言葉と異国』第I部第四章「『河海抄』の「異朝」と「本朝」」（早稲田大学出版部、二〇一〇年四月）等参照。

（13）例えば『光源氏物語抄』かけろふは「人木石にあらされはみななさけありとうちすしてふし給へりと云叓：人非木石 楽府 夫人 奥入 皆有情不如不遇傾城色美人依妓中々／あひみるましといふなり／又経云　異木石〈ト説顕云々〉伊行」とする。

(14) 関連論考として、吉森佳奈子『『河海抄』の『源氏物語』』第五章「「日本紀」による和語注釈の方法」(和泉書院、二〇〇三年十月)、前田雅之「和語を和語で解釈すること―一条兼良における注釈の革新と古典的公共圏」(『文学』九―三、二〇〇八年五月)等を参照。

(15) また例えば醍醐寺本『遊仙窟』では「無端」「多事」「遮莫」の語にも「アチキナシ」「アチキナク」の付訓がみえる。

(16) 『日本書紀』神代上に「故其父母二神勅素戔嗚尊、汝甚無道。不可以君臨宇宙…」とある。

(17) 金剛寺本には「坐睡」に「ヰネフリスルニ」の付訓が、陽明文庫本では「ヰナカラマトロンて」の付訓がある。

(18) 小島憲之『国風暗黒時代の文学』上、第一篇第二章二(2)「唐代小説『遊仙窟』をめぐって」(塙書房、一九六八年十二月)参照。

(19) 『花鳥余情』の対『河海抄』意識については、近時、前田雅之「『花鳥余情』―兼良の源氏学―リアリティーを担保する可視的存在―」(『中世文学と隣接諸学5 中世の学芸と古典注釈』竹林舎、二〇一一年九月)等の論考が提出されている。

付表 『河海抄』引『遊仙窟』一覧表

付表凡例

・標出語句の後の( )には、当該本文の新編日本古典文学全集『源氏物語』及び伝兼良筆本『河海抄』影印(左掲)における箇所を示した。

・『河海抄』の底本は中書本系統の天理図書館善本叢書編集委員会編『天理図書館善本叢書　和書之部　河海抄伝兼良筆本』一・二（天理大学出版部、一九八五年三月〜五月）を用い、各注釈文において小字で示されている出典名等は〔　〕内に記した。なお、覆勘本系統である玉上琢弥編、山本利達・石田穣二校訂『紫明抄　河海抄』（角川書店、一九六八年六月）との異同については※を付してその一部を記した。

・「和」（和名類聚抄）、「図」（図書寮本類聚名義抄）、「色」（色葉字類抄→前は前田本、黒は黒川本）、「観」（観智院本類聚名義抄）に『遊仙窟』の同一語が収載されている場合は○を付した。なお、『遊仙窟』を出典として明記するのは『和名類聚抄』と『図書寮本類聚名義抄』のみである。蔵中進「和名類聚抄と遊仙窟」（『神戸外大論叢』一八―四、一九六七年十月）、同「色葉字類抄と遊仙窟」（『神戸外大論叢』一六―一、一九六五年六月）、杉谷正敏「観智院本類聚名義抄と遊仙窟の文選読みについて」（『中央大学国文』三三、一九九〇年三月）、『図書寮本類聚名義抄』（宮内庁書陵部、勉誠社、一九七六年十一月）等参照。

・「奥」（『奥入』）、「原」（『原中最秘抄』）、「光」（『光源氏物語抄』）、「紫」（『紫明抄』）、「花」（『花鳥余情』）、「岷」（『岷江入楚』）に『河海抄』と同じく『遊仙窟』を引く注釈が含まれる場合は○を付した。また、『光源氏物語抄』『紫明抄』において『遊仙窟』の同一箇所を引きながら出典名を明記しない場合は△、『河海抄』が掲出する語句と同じ箇所に対する注釈を付しながら『遊仙窟』に言及しない場合は◇、『遊仙窟』を引くものの『河海抄』が引くのとは異なる箇所を引く場合は◎を付した。また、『岷江入楚』が『河海抄』を出典として明記して『遊仙窟』の引文を含む注釈を転引している場合には●、『岷江入楚』が『河海抄』の注釈に加えて他の注釈書の注釈を加えて転引している場合は＋を、『河海抄』を転引するものの『遊仙窟』の引用を含まないものには×を付した。

・表の最後には『珊瑚秘抄』の注釈において『遊仙窟』に言及する箇所をあげた。

巻	『河海抄』引『遊仙窟』	和	図	色	観	奥	原	光	紫	花	岷
1 桐壺	「あめのした」（『源氏物語』第一冊18頁／『河海抄』第一冊24頁） 御宇〈日本紀〉御禹〈同〉宇内〈同〉天下〈同〉 御宇天下〈同〉率土〈周礼〉天表（アメノウチ）〈遊仙窟〉										
2 桐壺	「あちきなう」（一18／一25） 無為〈史記高紀　白氏文集　古語拾遺〉無道〈日本紀／此心歟〉無状〈同〉無事〈遊仙窟〉何ソ須（アチキナウ）〈同〉無情〈同〉無端〈舎利式〉 ※覆勘本系統では「無為」の出典に「老子経」も加える		○ 無情	○ 前 黒 无事	○ 無情 無事			△			×
3 桐壺	「めつらかなるちこの御かほかたちなり」（一18／一27） 老子徳経曰法物滋彰　盗賊多有〈注曰法好也珍好		○ 非常 メツ		○ 非常 メツ						●

		之物滋生彰着則農事廃飢寒並至故盗賊多有也〕 梅豆邏〔日本紀〕又珍愛　珍奇(メツラカニアヤシ)〔遊仙窟〕 非常(メツラシク) 神功皇后三韓をたいらけ給はんとせし時に松浦河 にて御裳をはつりて鉤針をおろして魚をつらせ給 に鮎鉤にか丶れりけるを御覧してめつらと被仰け るよりはしまる詞也松浦とは梅豆邏をあやまれり めつらの川と哥にもよめり 長(イヤメツラナリ)今東南水〔扶紀抄〕或云驚新(イヤメツラ)〔漢語抄〕 〔古〕めつらしき人をみんとやしかもせぬ我した ひものとけわたるらん 伊勢物語云此御かとはかほかたちよくおはしまし て　貌像〔真名本〕 ※覆勘本系統は「非常」の出典も『遊仙窟』とする
4	桐壺	「けにえたふましくない給ふ」（一27／一42） 一眉猶(ノタモ)匝　耐　双(エタフマシキニナラヘル)　眼定　傷(テソコナヘテン)　人〔遊仙窟〕
5	桐壺	「御かたみとて」（一32／一46） 記念(カタミ)〔遊仙窟〕信

(上段続き)		ラシ ／ハ ナハ タシ		ラシ ／ハ ナハ タシ ／ア ヤウ シ						
4							△	○		＋ ●
5										●

番号	巻	本文										
6	桐壺	「そひふし」（一46／一68～69） 横陳（ソヒフシ）　注曰在身傍横臥也〔遊仙窟〕 延喜七年十月廿二日保明親王元服之夜故左大臣〔時平〕女参俗謂副臥乎〔李部王記〕 寛和二年七月十八日三条院〔于時親王〕御元服同日皇太子〔年十一〕法興院太相国女尚侍淳子為副臥〔見大鏡〕 光源氏通執政臣女事 〔新古今〕九条右大臣の女にはしめてつかはしける　西宮左大臣 年月はわか身にそへて過ぬれと思ふ心のゆかすもあるかな		○		○				◇		＋ ●
7	箒木	「まめたち」（一53／一77） 斂〔遊仙窟〕皺眉〔同上〕真立〔まことし立たる也〕							△	○		●
8	箒木	「しつらひ」（一54／一81） 料理〔遊仙窟〕		○		○						○

9	10	11
帚木	帚木	帚木
「みゝはさみかちにひさうなきいへとうし」（一63／一87～88） 無美相　又無貧相　主人妻〔遊仙窟〕　家童子 〔伊勢物語／真名本〕 伊勢物語云昔男ありけり宮仕いそかしく心もまめならさりける程にいへとうしまめに思はむといふ人につきて人の国へいにけり	「うちひそみぬかし」（一67／一90～91） 嚬蹙（ヒンシクト）（イタミヒソム）〔文選〕　舌出（ヒソム）〔遊仙窟〕　出〔万葉〕 人のなく時に口のすけみ出たる心也又年老ぬれは口のすけむをも云也 〔万第四〕もゝとせにおいくちひそむよとむとも我はいとはしこひはますとも〔家持〕 顰眉　又窃眉〔是も泣体也〕　八雲抄云すこししめりほけたる体也	「うなつく」（一68／一92） 点頭　或頷状〔同　漢書〕　顔許〔淮南子〕　領許〔遊仙窟〕
○　主人　女	◇	
○　主人　女	◇	
×	×	● ＋

番号	巻	本文										
12	箒木	「心つきなく」（一71／一95） 関晴〔遊仙窟〕無心月〔宛字〕		関情 ○		関情 ○						●
13	箒木	「人やりならぬむねこかる丶夕もあらむと」（一84／一102～103） 人やり我からなる心也 〔古〕人やりの道ならなくに大かたはいきうしといひていさかへりなん 〔後撰十八〕身のうきをしれははしたに成ぬへみおもへはむねのこかれのみする 泪にしおもひのきゆるものならはいとかくむねはこかれさらまし 千思千腸熱　一念一心燋〔遊仙窟〕燋心燋身〔大集経〕 三教指南帰云〔二巻　亀毛先生篇〕寧莫レ二術婆伽之焼コトレ胸ヲ 一寸如焦之心胸中火消二年不乾之涙袂上雨収〔紀斉名作／本朝文粋〕							◇	◎		

14	箒木	「さゝやかにて」（一99／一111） 細々許〔遊仙窟〕少々　狭　小蝿〔いつれもちいさき心也〕		○		○				◇		●
15	空蝉	「おもと」（一127／一123） 侍者（オモト）〔白氏文集〕御許〔新猿楽記〕遊仙窟云 従渠（ヨシヤヲモト）〔渠ハ汝也／儞也〕 大鏡云いふかひなきほとの物にもあらすおもとほとのきはにてそありける　和泉式部か童名を御許丸といひけり							◇			×
16	空蝉	「めてたき御ありさまも」（一131？／一125） 可愛（メテタシ）〔遊仙窟〕　娃婬〔同〕										
17	夕顔	「このもかのも」（一136／一129～130） 此面彼面也こなたかなたといふ同詞也 遊仙窟云両辺をこなたかなたとよめり 〔古〕つくはねのこのもかのもにかけはあれと君かみ影にます影はなし 山風のふきのまに〳〵紅葉はこのもかのもに散ぬ			○ 前 黒 コナ タア ナタ				◇	◇		●

番号	巻名	本文										
		へらなり このもかのもの事　二条院御時人々にとはれける に俊成範兼なとは一向につくは山はかりに読へき 詞なりと申けるを清輔躬恒か和哥序に大井川この もかのもとかけりしかれは筑波山に限へからすと 申けりと云々〔見顕昭抄〕 定家卿僻案抄にはこのもかのもとはこの面かの面 也四方にちる心也筑波山にこそよめと云事あれと いつこにもあるへき事也云々　父子相違歟如何 案之強筑波山にかきるへからさる物也紀貫之大堰 行幸和哥序にもわれらみしかき心このもかのもに まとひとありこなたかなたなといふこゝろ也			／コ　カタ　アカ　タ							
18	夕顔	「しはふきやみ」（一174／一155） 十娘曰児近来患嗽(シハフキヤミヲ)声音不徹(サハヤカ)〔遊仙窟〕 嗽病　咳嗽　咳病							○	○		×
19	若紫	「たゝいまは」（一222／一191） 向来(タヽイマ)〔遊仙窟〕										○

番号	巻	本文・注										
20	若紫	「なをさりにも」（一228／一196） 平生〔遊仙窟〕							◇			
21	若紫	「ことはおほかる人にてつき〳〵しういひつゝくれと」（一229／一197） 詞多品少　方便（ツキ〳〵シウ）〔遊仙窟〕				○						○
22	若紫 ＊既出7	「まめやかなる御とふらひ」（一238／一199～200） 斂色（マメタカ）〔遊仙窟〕正昔（マメヤカ）〔同〕 まことしき也　真実也　水原抄に米銭の事なりと大和物語をひきて尺したれともそれまてもあるへからさる歟　末摘花巻にきぬあやわたなと老人のきるへき物のたくひをかやうのまめやかなる事もはつかしけならぬとあり										
23	若紫	「うつくしき御はたつきもそゝろさむけにおほしたるを」（一244／一201～202） 偏愛（ウツクシ）〔漢語抄〕　愛色（同）〔遊仙窟〕　鶏皮〔とりはたゝつといふ也〕										●

24	末摘花	「大ひちりきさくはちのふえ」（一288／一210） 大篳詠尺八（ナカムサクハチノフエヲ）〔遊仙窟〕 長一尺八寸　舌四寸八分　律書図云　大篳篥 小々　又云尺八為短笛　玄宗皇帝前身羅漢也好 吹尺八被擯出云々				尺八 ○			△	◇		×
25	末摘花	「たをやき給へるけしき」（一303／一218） 婀娜（タヲヤカ）　婀娜〔遊仙窟〕　窈窕 ※覆勘本系統は「窈窕」の出典も『遊仙窟』とする			黒　前　○	婀娜 窈窕 ○						●
26	紅葉賀	「まかはいたくくろみおちいりて」（一337／一233） 師説云　眶（マカハ）〔或マカフラ〕文選云高眶（カウキヤウ）〔マカフ ラ／タカク〕一説眼皮也〔マカハ〕 遊仙窟云　眼皮（マユ　メ）　瞯（カンカル） 今案眼皮も有其謂歟老者なれはとてまかふらのお ちいる事はなき歟目上の皮はとしよれはくろみお ち入也其時まかふらはいよ〳〵たかくなるへき歟	○			○			◇	◇		×
27	葵	「もゝのけいきすたまなといふ物」（二32／一279） 遊仙窟云　窮鬼故調人　注云魂与鬼通をいふ也	○		黒　前　○	○			○	○		＋ ●

28	明石	「にらみきこえ給」（二―251・二―366） 瞰（鬼―／文選）斜眼（遊仙窟）睚眦（新猿楽記）耶睨（日本紀）										●
29	澪標	「みやひかにて」（二―309／一―394） 媚　閑麗（ミヤヒカ）也　閑暇（ミヤヒカ）（文選／貌甚―）膃腯（ヲツトツ） （遊仙窟） なにはこそ昔ゐ中といはれけれ今は宮美のそなはりにけり							◇	◇		●
30	絵合	「ふてとる道とごうつことゝこそあやしく玉しゐの程みゆるを」（二―389／一―423） 遊仙窟云　囲碁出於智恵										＋ ●
31	常夏	「へにといふ物いとあからかにかひつけて」（三―251／二―20） 粉（白氏文集）面子（メンシノカホツキシンセントヘニアカニシテ）荏苒（遊仙窟） これも児女子の体歟 ※『遊仙窟』の引用は覆勘本系統のみ	○ 面子		○ 前 黒 面子 カホ／カ	○ 面子 荏苒						●

					ホハ　セ							
32	御幸	「いとはらあしけにましりひきあけたり」（三321／二41） 眦　史記曰瞋目項王頭髪上指目眦尽裂〔項羽本記〕伴　瞋（ハラタチヌ）〔遊仙窟〕 樊噲か怒れる姿也 ※『遊仙窟』の引用は覆勘本系統のみ											×
33	真木柱＊ 既出 14	「いとさゝやかなる人の」（三360／二58） 細々　許〔遊仙窟〕少々狭 ※覆勘本系統のみ「細々許」の出典を『遊仙窟』とする		○		○							●
34	真木柱	「なかめする軒のしつくに袖ぬれてうたかた人をしのはさらめや」（三392／二65～66） 未必〔遊仙窟〕宇多我多 〔万葉十五或ウツタヘ〕はなれそにたてるむろ木うたかたもひさしき年を過にけるかも											●　＋

〔同〕あまさかるひなにある我をうたかたもひも
ときかけておもほすらめや
〔同〕鶯のきなくやまふきうたかたも君かてふれ
す花ちらめやも
清和云論語喪弥（ヨリモ）ニ其易（カハラン）一寧戚（イタメ）是もせめて也
思川たえすなかるゝ水のあはのうたかた人にあは
てきへめや
〔後撰伊勢〕定家卿説云うたかたとは真字に寧な
とつかへる詞のやうにおもひよる事歟さなくては
いかてかはと云よし也それを此うた一を見てうき
たる人と云よしにうたかた人と六字につゝけてよ
めりと云説はふかく見わかてしりかほにのへやる
説也たゝ四文字の詞也此物語にもあなかしことい
やく〳〵しくかきなし給へる詞に心うきたる人とい
はむたよりなかるへし以上僻案抄に見たり順説云
うたとかたとはうたてといふ心歟それを水のそれ
を水のうたかたにそへたる也一説云さためなき人
也又すこしもと云心也
水原抄

		思河うたかたなみのきへかへりむすふ契はゆくゑたになし 此道祖師哥也尤足潤色 ※中書本系統は「未必」の出典を『日本記』とする	
35	藤裏葉	「うらめしけにそおほしたるや」（三462／二122） 愴恨（ウラメシウシウ）〔遊仙窟〕 朱雀院我御代にかゝる行幸なきを恨おほしめす也	●
36	若菜下	「えいなひはてゝ」（四222／二205） 辞〔遊山窟〕	●
37	若菜下	「いさゝかまとろむともなきゆめに」（四226／二206） 睡（マトロム）〔遊山窟〕　坐睡（イナカラ）	● ＋
38	若菜下	「人の御涙をさへのこふ袖はいとゝつゆけさのみまさる」（四227／二206） 下官の将衣ノ袖与娘子ニ拭ヲ〔遊山窟〕	● ＋

39	40	41
柏木	横笛	匂兵部卿
「まなこゐ」（四323／二228） 眼子〔遊山窟〕又肝膢　横波　眼尾なとかけり	「御まへちかきらいしともを」（四347／二237〜238） 畳子　又檑子〔和名〕罍子（ママ）〔同上〕罍〔音雷／又作鐳〕玉罍〔遊山窟〕 たかつきのすかたにて上はぬりをけのふたをあをのけたるやうなる物也をきふちをたかくしたる也内は朱漆外は黒漆螺鈿様々也菓子なとを入らるゝ也内蔵寮に被納之 詩に金罍とあるは酒也もたいと訓也礼記山罍其似壺容一斛刻而尽之為雲雷之形也 韓詩云天子以玉飾諸侯大夫皆以黄金等以梓是等者皆器也然而我朝横彼形歟	「のり弓のかへりあるしのまうけ六条院にていと心ことにし給て」（五33／二322〜324）
○ 眼皮 ‥萬 奈古 井	○ 玉畳	
○ 眼皮		○
		○
	◇	
	◇	
● +	● +	● +

		…（略）…（行阿尺）私云かへりあるしの事のり弓の後大将方のすけをひきて我亭にて種々の饗応儀式ありあるしをは饗と云字をよめり又亭と云字は遊仙窟にあはらやと云よみあり仍吉事には此亭の字を遣へし方のすけとは左大将ならは左中将左少将右大将ならは右中少将是也 ※覆勘本系統には『遊仙窟』に関わる記述部分ナシ										
42	竹河	「わかきをのことものは」（五66／二334） 男共　傍人〔遊仙窟〕										●
43	橋姫 ＊既 出14 ・33	「さゝやかにをしまきあはせたるほくともの」（五163／二371～372） 細々許〔遊山窟ほそくまきたる心歟〕		○		○						● ＋
44	早蕨 ＊既 出29	「みやひかなり」（五359／二406） 閑麗　又窈窕　又閑〔白氏文集〕又膃腯〔遊仙窟〕 ※覆勘本系統のみ「膃腯」の出典を『遊仙窟』と										● ＋

		明記										
45	宿木	「人かすなるやうなる」（五403？／二413）人流〔遊仙窟〕		○								●
46	東屋	「いはきならねは」（六52／二444）人非木石皆有情〔白氏文集〕心非木石〔遊仙窟〕							◇	◇		●
47	蜻蛉	「そらとふ鳥のなきわたるにももよをされて」（六219／二472）可憐病雀夜　驚（スコトヲ）人薄（コフル）媚（ヒ）狂（キヤウ）鶏三更唱暁〔遊仙窟〕							△	△		●
48	蜻蛉 ＊既出46	「人ほくせきにあらされはみななさけありとうちすしてふし給へり」（六222／二472）人非木石皆有情　不如（シカシ）不遇（ニハ）傾城色（ヲ）〔白氏文集〕心非木石豈　忘（ワスレンヤ）恩（ヲ）〔遊仙窟〕仁王経云初一念識　異（コトナリ）木石（ニ）生得善生得悪（ノアリ）※覆勘本系統は『伊勢物語』も引く							◇	◇		＋ ●
49	蜻蛉	「なとねたましかほにかきならし給との給に」（六271／二478）			黒 ○	故々 ○	○		○	○	○	＋ ●

番号	巻名	本文	1	2	3	4	5	6	7	8	9	10
		故(ネタマシカホニテ)将織手(ホソキテヲ)時々弄(ツマナラス)小絃(セウケンヲ)耳聞(ニキクタモナヲ)猶気絶(キタエントス) 眼見若為憐(ハイカハカリカオモシロカラン)〔遊仙窟〕			故 故 ネタ イカ ナ							
50	蜻蛉	「にるへきこのかみや侍へきとていらふるこゑ中将のおもと、かいひしなりけりまろこそおほんは、かたのおちなれ」（六271／二479） 容貌(ヨウハウノカホセハ)似舅(ヲヂニ)潘安仁之(バンアンシンカ)外甥(ハ、カタノヲイナレハ／ヲヒ)気調(キヲウノイキサシハ) 如兄(コノカミノ)崔季珪之(サイキケイカ)小妹(ヲトイモウト)ナレハ也〔文選／遊仙窟〕			○ 前 黒 容貌 気調	○ 容貌 オへ ラセ 気調 イキ ナシ	○		○	○	○	＋ ●
51	手習	「昔はをこなひせしほうしのいさゝかなる世に恨をとゝめてたゝよひありきしほとに」（六294～295／二488） 片子(イサ、カナル)〔遊仙窟〕										×
52	手習	「人々にすいはんなとやうの物くはせきみにもはすのみやうの物いたしたれは」（六306／二491～492） 水飯 蓮子(レンシノサカツキ)〔遊仙窟〕				○ 蓮子 ハス		○	◇			＋ ●

	53	珊瑚秘抄
	夢浮橋	常夏
蓮子数盃妄令酒　柘枝一曲試春歓〔三天(ママ)〕酒鉤送 盞推蓮子　燭涙黏盤異(ママ)世蒲萄〔同〕 一説云蓮子〔遊仙窟〕水飯饗応之後々盃をそへていたしける歟菓子の中に藕実を加たる事いたく先蹤なき歟又云夏の会なれは藕実もなかるへきにあらすさかつきをはすのみといはんもあまりに上手めきたる歟	「をのゝわたり」〔六373／二504〕 小野径(ワタリ)　此処(ワタリ)〔遊仙窟〕	「ふくつけゝれど」〔三225〕 貪生(フクツケナキ)人〔遊仙窟〕 貪欲の心也　欲ふかく雪をおほくまろばさんとしたる也　ふくつけなきはふくつけなと云也　若紫巻にうしろめたきをうしろめたなうと云へる類也
ノミ		○
	＋　●	

『落窪物語』と『遊仙窟』

芝﨑有里子

はじめに

落窪物語は、平安時代を代表する継子物語で、その梗概は以下のようなものである。主人公である継子姫は、継母からいじめられ、屋敷の落ちくぼんだ部屋に一人住まわされていることから「落窪の君」と呼称されている。落窪の君は継母に裁縫仕事をおしつけられ、実の父親からもかえりみられないが、やがて左大将の息子道頼がひそかに通うようになる。これは落窪の君の唯一の味方である女童あこきと、彼女の夫帯刀の助力によるもので、落窪の君は道頼により救出され、その妻として繁栄する。道頼は落窪の君を助け出した後、継母や落窪の君の実父である中納言たちに対して、数々の報復を行う。しかし父中納言と落窪の君が再会してからは、一転孝行を尽くした。

成立については諸説あるが、『源氏物語』よりもやや早く、寛和二年（九八六）以降長保二年

（一〇〇〇）ごろまでとされる。作者は、孝の思想が含まれていたり、卑猥な表現や尾籠な場面が躊躇なく描かれていたりすることから、身分の高くない学識ある男性とされている。従来の『落窪物語』研究では、継子いじめ譚への関心が強く、唐代伝奇はおろか、漢籍受容そのものについてほとんど検討されてこなかった(1)。

本稿では、落窪の君と道頼の出会いから、逢瀬を経て落窪の君が道頼に打ち解けるまでの場面において、『遊仙窟』の要素が取り入れられている可能性を述べてみたい。

一　『源氏物語』帚木巻との類似性

臥し給へれば、女、死ぬべき心ちし給ふ。ひとへぎぬはなし。はかま一つ着て、所〳〵あらはに身につきたるを思ふに、いといみじとはおろかなり。涙よりも汗にしとゞなり。をとこ君もそのけしきをふと見給て、いとほしうあはれに思ほす。よろづ多くの給へど、御いらへあるべくもおぼえず。はづかしきに、あこきをいとつらしと思ふ。からうして明けにけり。鳥の鳴く声すれば、をとこ君、

「君がかく泣き明かすだにかなしきにいとうらめしき鳥の声かないらへ時〻はしたまへ。御声聞かずはいとゞ世づかぬ心ちすべし。」

とのたまへば、からうしてあるにもあらずいらふ。

人心うきには鳥にたぐへつゝ泣くよりほかの声は聞かせじ

と言ふ君、いとらうたければ、少将の君、なほざりに思ひしを、まめやかに思ふべし。

（巻一、二八―二九頁）(2)

これは、『落窪物語』の道頼が落窪の君のもとを訪れ、無理矢理関係を結んでしまった場面である。落窪の君のうわさを聞きつけた道頼は、たびたび落窪の君に手紙をおくり求愛するものの、一向に返事は返って来ない。そこでいよいよ、継母たちが石山詣に出かけ留守の間に、中納言邸を訪れ部屋へ忍び込んでいった。落窪の君もこの男が道頼であることは、再三手紙が送られてきているから察しがつく。それよりも継子という境遇ゆえ、着る物も満足に整っていないことが恥ずかしくてたまらない。落窪の君はただ泣くばかりで、一言も答えることなく、夜明けを迎えてしまう。

さて、この場面は、『源氏物語』帚木巻の光源氏と空蟬の逢瀬との類似が指摘されている。(3)

鶏も鳴きぬ。（中略）（光源氏）「いかでか聞こゆべき。世に知らぬ御心のつらさもあはれも浅からぬ夜の思ひ出(いで)は、さまざまめづらかなるべき例かな」とて、うち泣きたまふ気色いとなまめきたり。鶏もしばしば鳴くに、心あわたたしくて、

つれなきを恨みもはてぬしののめにとりあへぬまでおどろかすらむ

女、身のありさまを思ふに、いとつきなくまばゆき心地して、めでたき御もてなしも何ともおぼえず、常はいとすくすくしく心づきなしと思ひあなづる伊予の方のみ思ひやられて、夢にや見ゆらむとそら恐ろしくつつまし。

身のうさを嘆くにあかで明くる夜はとりかさねてぞ音もなかれける

ことと明くなれば、障子口まで送りたまふ。内も外も人騒がしければ、引き立てて別れたまふほど、心細く、隔つる関と見えたり。（①一〇二―一〇四頁）[4]

改めて比較してみると、夜明けを告げる鶏鳴、その「とり」を詠み込んだ歌の贈答、内容についても、男の歌が、ただでさえ女の冷淡な態度がつらいのに、その上鶏が別れをせきたてるのをうらみ、それに対して女の歌は、鶏と一緒に泣くしかないことを詠んだものと共通する。また『落窪物語』では、道頼がただ泣くばかりの落窪の君を、「いとゞ世づかぬ心ち」と評していたが、光源氏も引用した箇所の少し前で、打ち解けない空蟬の態度を「むげに世を思ひ知らぬやうにおぼほれたまふなむいとつらき」（①一〇二頁）となじっていた。

新間一美氏は、帚木巻のこの場面について、いくつかの『遊仙窟』的要素を指摘するが、夜明けを告げる鶏鳴が繰り返し強調され、男女それぞれの詠歌に「とり」が詠み込まれているのもその一つだという。[5]

『遊仙窟』は、作者張文成が、河源に使いとして派遣される途中に仙境に迷い込み、仙女十娘と一夜を共にするが、公務の途中であるため、翌朝断腸の思いで仙境をあとにするという筋である。二人の逢瀬の様子はかなり露骨な表現を伴い、中国においては早くに散佚してしまうものの、日本では珍重され、山上憶良や大伴家持ら万葉集歌人をはじめ、平安朝の漢詩文、『伊勢物語』『源氏物語』など物語文学にも影響を及ぼした。

張文成は、詩の応酬の末、やっとのことで十娘との逢瀬を果たすが、その様子は以下のようにある。

然して後に自ら十娘と綾の帔を施ぎ、羅（の）裙を解き、紅の衫を脱ぎ、緑の袜を去る。（中略）一たび囓ひ一たび意快く、一たび勒き一たび心傷まし。鼻の裏痠痛といきたはしく、心の裏結繚とむすぼる。少時りて眼華き耳熱り、脈脹び筋舒ぶ。始て知ぬ逢ひ難く見難く、貴ぶべく重ずべし。俄頃としばらくある中間に、數廻相ひ接はる。誰か知らん可憎の病鵲の、夜半に人を驚かす。薄媚狂雞の、三更に暁を唱ふ。遂に則ち衣を被り對ひ坐て、泣涙としほたれて相ひ看る。（五四オ―五四ウ）(6)

傍線を付したように、夜明けを告げ、二人に別れを促す鶏の声について、「薄媚狂雞の、三更に暁を唱ふ。」とある。新間氏によると、「誰か知らん可憎の病鵲の、夜半に人を驚かす。薄媚狂雞の、三更に暁を唱ふ。」は、『新撰朗詠集』にも採録されるなど、平安時代に有名な箇所であり、『伊勢物語』第五三段は、この一節を中心に『遊仙窟』的な世界が構築されている。帚木巻では、「鶏も鳴きぬ」「鶏もしばしば鳴くに」「とりかさねてぞ」と、別れをせき立てるものとして「とり」が繰り返し強調されており、とくに「とりあへぬまでおどろかすらむ」は、『遊仙窟』の「可憎（あなにく）の病鵲（やもめがらす）の、夜半（よなよな）に人を驚かす。」を踏まえたものだという。『伊勢物語』の第五四段も「つれなかりける女」（一五九頁）[7]との「夢の中での出逢い」をテーマとした『遊仙窟』的な章段で、これは空蟬の打ち解けない態度を「つれなき」とするところに踏まえられており、紫式部は、『伊勢物語』第五三・五四段における受容を承知した上で、帚木巻の当該場面にも『遊仙窟』を取り入れたとする[8]。

　後朝の別れにおいて、鶏の声が強調されていることは、『落窪物語』でも同様であった。特に道頼の「君がかく泣き明かすだにかなしきにいとうらめしき鳥の声かな」という歌は、落窪の君が一晩中泣き明かして心を開いてくれなかったことさえ悔やまれるのに、夜明けを告げる鶏までもが鳴いて別れなければならないうらめしさを訴えたものであるが、その際、夜明けを告げて別れを促す鶏鳴を「いとうらめしき鳥の声」とするのは、『遊仙窟』の「薄媚（なさけなき）狂雞（うかれどり）の、三更（まだあけざる）に暁を唱ふ。」に類似する。

　してみると、『落窪物語』の道頼と落窪の君の逢瀬についても、『遊仙窟』がふまえられている可能性があるのではないだろうか。

二　落窪の君との出会いと求婚

まず、さかのぼって道頼が落窪の君の存在を知ってから、その姿を垣間見るまでのところについて検討したい。

①人物関係

両作品の間では、一対の男女と二人の恋の成就を促す女性という人物関係が共通する。すなわち、張文成と道頼、十娘と落窪の君、五嫂とあこきという対応である。『遊仙窟』の張文成は、詩により十娘を口説き一夜を手に入れたが、諸田龍美氏によると、この艶詩を巧みに操る文成は、業平をはじめ、平安時代物語の色好みたちの淵源となる人物だという。(9) それに対して道頼もまた、落窪の君と結婚した後は、彼女一人を愛する男性として描かれるものの、それ以前は、あこきの言葉に「いみじき色好みと聞きたてまつりし物を。」（巻一、七頁）とあるように、「色好み」の男主人公として登場していた。十娘と落窪の君は、美貌の女主人公として対応する。

五嫂は、十娘の兄嫁にあたる女性で、なかなか煮え切らない二人の関係を後押しする。それに対して『落窪物語』の女童あこきは、落窪の君の母が生きている時代から仕えていた女童であり、乳母や乳母子もいない落窪の君の唯一の見方である。道頼が落窪の君の存在を知ったのも、あこきが、道頼の乳母子である夫の帯刀に話したことがきっかけであった。あこきは、通いはじめこそ感知していなかったが、道頼がひとたび落窪の君を訪れてからは、落窪の君をさとし、道頼が通い続けるように夜具を整えたり、三日夜の餅を手配したりと、一人落窪の君のために奮闘する。『遊仙窟』の五嫂は、「人と為り饒劇とたはぶる」(二五オ)とあり、張文成をやりこめるようなことを言いたびたび十娘に叱責されていたが、あこきも機知に富んだ「されたる女」(巻一、三頁)であり、通うところがある。なお『落窪物語』では、道頼側の帯刀も、道頼が忍び込む隙を作ったり、三日目の夜雨の降りしきる中、ともに落窪の君を訪れたりと、主人の恋のために奔走する。

　人物関係については、三木雅博氏の『鶯鶯伝』に関わる指摘を紹介する必要がある。(10)三木氏が注目したのは女童あこきの役割である。作者のまわりに能力の高い侍女が実在したり、「老練な思考力・行動力」は亡き実母の役割を投影させた可能性は棄てきれないものの、「侍女あこきの原像」を、『鶯鶯伝』の紅娘に求めてはどうかと提案する。『落窪物語』以前で、あこきのように「侍女が重要な役割を果たす作品」はほとんどなく、中国文学においてもそのような作品は、『鶯鶯伝』以前や同時代で、さらに日本に将来されたもとなると、『鶯鶯伝』以外にあまりないという。『鶯鶯伝』は唐代伝奇の一つであり、作者は白居易の親友元稹、才子張生と佳人鶯鶯の恋物語である。紅娘は鶯鶯の婢で、張生の詩を鶯鶯に取り次いだり、鶯鶯を連れてきて逢瀬を実現させたりと活躍する。もちろん『鶯鶯伝』と『伊勢物語』「狩の使」、「長恨歌」『長恨歌伝』と『源氏物語』桐壺巻の関係のような、ストーリー全体の構成に及ぶ密接さはないものの、

漢文学の素養のある男性が作者と考えられる『落窪物語』においても、「鶯鶯伝」という当時よく読まれた唐代の伝奇小説が何ほどかの影を落としているかもしれない、ということを考えてみるのも、決して無駄なことではないだろう。(11)

確かに、機知に富んだ女童は、『うつほ物語』にもみえるが、あこきのようには活躍しない。と、『鶯鶯伝』が『落窪物語』の創作に寄与した可能性を示唆している。

また、落窪の君の世話をしているのが、女童であることは、落窪の君の不遇をあらわすもので、類例として『うつほ物語』俊蔭巻で俊蔭の娘に仕えた嫗や、忠こそ巻で零落した忠こその継母に仕える下仕へのよもぎがいる。(12)親に先立たれて後見もなく、荒れ果てた屋敷にひっそりと暮らす俊蔭の娘を、若小君が見つけてひそかに通うといった場面は、落窪の君と道頼の恋愛に通じるところがあるが、嫗は二人の恋の成就には関わっておらず、俊蔭の娘が出産する際に活躍する。

さらに『鶯鶯伝』は、主人公の名称を『遊仙窟』に倣っており、『遊仙窟』の影響下にある作品であるとされているから、[13]『落窪物語』は、『遊仙窟』と『鶯鶯伝』を併せて下敷きにしていると考えてはどうだろうか。後述するように、『落窪物語』にはいくつかの『遊仙窟』的な要素が含まれているが、二人の結婚のために活躍するのが女童あこきであるという点は、十娘の兄嫁である五嫂よりも、婢という『鶯鶯伝』の紅娘の方があこきの立場に近い。また、十娘は、もともと弘農郡の楊府君の長男の妻で、戦乱により夫を失った未亡人であった。それに対して『鶯鶯伝』の鶯鶯は初婚であり、落窪の君はこちらに近い。よって単に『遊仙窟』ないしは『鶯鶯伝』との対応ではなく、道頼＝張文成（『遊仙窟』）・張生（『鶯鶯伝』）、落窪の君＝十娘（『遊仙窟』）・鶯鶯（『鶯鶯伝』）、あこき（帯刀）＝五嫂（『遊仙窟』）・紅娘（『鶯鶯伝』）というように、二つの唐代伝奇が重層的に投影されているのではないだろうか。

②「つれない」女性像

道頼は、帯刀とあこきを通じて落窪の君に求婚するが、一切返事はなかった。

あこき、御文を脂燭さして見れば、たゞかくのみあり。

君ありと聞くに心をつくばねの見ねど恋しき嘆きをぞする

「をかしの御手や。」とひとりごちゐたれど、かひなげなる御けしきなれば、おし巻きて御

櫛の箱に入れて立ちぬ。（巻一、一一頁）

これは、道頼からはじめて手紙が届けられたときの様子である。あこきが「をかしの御手や」と落窪の君の興味を引こうとするが、落窪の君は見向きもしない。その後も落窪の君に手紙を送り続けるが、「何しに。上も聞い給ては「よし」とはの給てんや。」（巻一、一〇頁）とあるように、落窪の君には継母に対する気兼ねもあって、「御返りなし」（巻一、一四頁）、「日ゝにあらねど、絶えず言ひわたり給へど、絶えて御返りなし。」（巻一、一四頁）、「中の君の御をとこの右中弁とみにていで給（たまふ）、うへのきぬ縫ひ給ほどにて御返なし。」（巻一、一五頁）と全く手応えはない。

こうした求婚につれない女性像というのも『遊仙窟』の十娘と共通する。十娘は、当初張文成の漢詩による誘いに靡かなかった。例えば、十娘が弾く箏の音を聞いた文成が、次のように詠みかける。

自（おの）れは姿則とうつくしげなる多（すぐれ）たることを隠して、
他（ひと）を欺きて独り自（みづか）ら眠る。
故故とねたましがほに繊（ほそ）やかなる手を将（も）て、
時時（よりより）に小（ほそ）き絃（を）を弄（つみな）らす。
耳に聞くだも猶気（なほいき）の絶へなんとするものを、

眼に見んとき若為か憐からん。
従しや渠痛だ不肯ならば、
人更に別に天に求めんや（五ウ）

「箏の音でさえ息が絶えそうなのに、お顔を見たらどんなに愛しさがつのるだろうか」と求愛するが、十娘は、

面は他の舍の面に非ず、
心は是れ自家の心。
何れの処にか天の事に関いて、
辛苦となやましく漫りがはしく追ひ尋ぬべき。（五ウ・六オ）

と、自分など取るに足らない女であるから追わないでほしいと言って靡かない。またあるときは、「十娘詩を見て、並に読み肯ぜず、即焼き却てんと欲す。」（一三オ・一三ウ）と詩を見ることなく焼き捨てようとした。

こうしたつれない女性との「夢の中での出会い」をテーマとして『伊勢物語』第五十四段が構築され、それが『源氏物語』の空蝉に受け継がれていくという新間氏の指摘については既に述べた。ここでもう少し詳しく紹介すると、『伊勢物語』第五四段には、

むかし、男、つれなかりける女にいひやりける。

ゆきやらぬ夢路を頼むたもとには天つ空なる露や置くらむ

（一五九頁）

とある。『遊仙窟』では、十娘のつれない態度について張文成は、「無情とあぢきなき明月の（ありやけのつき）みぞ、」（一一オ）と有明の月に喩えており、ここで「無情」に「あぢきなし」と訓が付されているのが、第五十四段の「つれなかりける女」にきわめて近いとする。そして『源氏物語』帚木巻でも、源氏の歌に「つれなきを恨みもはてぬしののめに」とあった[14]。

『落窪物語』においても、落窪の君の素っ気ない態度が、「つれなき」と表現される。

「絵一巻下ろし給はらん。」と申せば、君、「かの言ひけんやうならんをりこそ見せめ。」との給へば、（中略）白き色紙に、こゐひさして口すくめたるかたをかき給て、

召し侍は、

つれなきをうしと思へる人はよに笑みせじとこそ思ひ顔なれ

をさな。

（巻一、一八頁）※こゐひ―小指のことか。

これは落窪の君側が絵を所望したのに対して、道頼が、あなたの「つれない」仕打ちをつらいと思っている人は決して笑顔は見せまい、とうらんだもので、「笑みせじ」に「絵見せじ」がかけられている。

恋愛の初期段階において、男からの求愛を女が冷たくあしらったり、切り返すような返歌をしたりするのは、平安時代の常套ともいえるが、山本登朗氏の説では、こうした常套そのもの

が、『遊仙窟』から学んだものではないかという。(15)

③垣間見

落窪の君は、一向に返事をよこす気配がない。そこで道頼は、ついに忍び込もうとする。しかしその前に、ひとまず落窪の君の姿を垣間見る。というのも期待はずれだったならば、そのまま引き上げるつもりだったからである。

「まづかいば見をせさせよ。」とのたまへば、(中略)君見たまへば、消えぬべく火ともしたり。木丁、屏風ことになければよく見ゆ。向かひゐたるはあこきなめりと見ゆる、やうだい、かしらつきをかしげにて、白ききぬ、上につやゝかなるかいねりのあこめ着たり。添ひ臥したる人あり。君なるべし。白ききぬのなえたると見ゆる着て、かいねりのはりわたなるべし、腰より下に引きかけてそばみてあれば、顔は見えず。かしらつき、髪のかゝりば、いとをかしげなり、と見るほどに火消えぬ。くちをしと思ほしけれど、つひには、とおぼしなす。(巻一、二三頁)

落窪の君はあこきと二人くつろいでいるところであった。落窪の君は臥しているため顔を確認することはできないが、髪の様子から容姿の美しさが期待され、道頼は侵入することを決意する。

『遊仙窟』では、張文成が十娘を垣間見る場面がある。

> 余詩を読むことを訖はつて、頭を門の中に挙（さしの）べて、忽ちに十娘が半面とはらかくれを見る。余即ち詠みて曰く、「斂咲としたえめるものから残の靨を偸（かく）せり。含羞とはぢらへるものから半ばの脣を露す。一眉（かたまゆ）にも猶ほ耐へ叵（がた）きものを。雙つ眼は定めて人（われ）を傷（そこな）いてん。
> （六オ）

この時文成が見たのは十娘の横顔であり、それでも美しいのに「雙眼」つまり正面から見たらどんなものかという。

物語文学の垣間見と『遊仙窟』の関係については、早く丸山キヨ子氏により提唱された論をふまえる必要がある。(16)『伊勢物語』初冠の段は、

> むかし、男、初冠して、奈良の京春日の里に、しるよしして、狩にいにけり。その里に、いとなまめいたる女はらからすみけり。この男かいまみてけり。
> （一一三頁）

と始まる有名な章段である。元服を終えたばかりの男が旧都奈良春日の地で、大変美しい姉妹を垣間見たという章段であるが、丸山氏によると、辺境の地で思いがけず二人の美女を垣間見たという設定は、『遊仙窟』の文成が河源に派遣される途中、十娘と五嫂の二人に邂逅したことを踏まえたものではないかという。そうすることにより、なぜ「女はらから」という設定がされているのかという疑問が氷解する。さらに、『源氏物語』の、光源氏が北山で若紫や尼君

を垣間見る場面（若紫巻）、あるいは薫が宇治で大君、中の君姉妹を垣間見る場面（橋姫巻）は、『伊勢物語』初冠の段が『遊仙窟』にちなむものであることを知った上で、紫式部が『遊仙窟』を受容した場面だという。この丸山氏の指摘は諸氏により継承・補完されている。『落窪物語』においても、垣間見られる対象は女性二人である。落窪の君だけでなくあこきもまた「やうだい、かしらつきをかしげ」なる女性であった。二人のいる落窪の間については、本文中に、「寝殿の放出の、また一間なる、おちくぼなる所の二間なる」（巻一、三頁）と説明されるものの、具体的にどこを指すのかは不明である。[17]しかし、疎外された継子が閉じ込められているのであるから、本来若い姫君が住むにはふさわしくない場所であろう。

この丸山説を承けた山本登朗氏は、垣間見という行為そのものの『遊仙窟』性を指摘している。垣間見について、「自分の世界とは違う世界、すなわち異界を、境界を越えてのぞく行為」とし、その行為を書くことにより、「相手の女性が男性とは別な世界にいる他者であること、すなわち、場合によってはそれまでまったくその存在を知らなかったり、ふれあうことが許されていなかった存在であることが示されている」[18]と規定する。そして、『遊仙窟』の「男性と異界の女性との境界を越えたふれあいと別離という主題は、『遊仙窟』の影響を受けている『万葉集』にはまだ希薄な形でしか見られず、平安時代になってはじめて、さかんに和歌や物語で用いられるようになる」という。[19]この女のいる空間の異界性と、「それまでまったくその存在を知らない」「ふれあうことが許され」ないという点は、落窪の間や落窪の君の境遇にもあてはまる。継子いじめ譚は、子供であった人格が死に、成人として再生する成女戒を基盤とする話型であり、大人として再生するためには、死の苦しみを伴う試練が課せられる。落窪の君の場合、それは「落窪の間」に籠められいじめられることに象徴され、[20]「落窪の間」は、落窪の君にとって、忌み籠もりの空間であり、異郷に相当する。[21]落窪の君はここに幽閉され、裁縫仕事に従事させられており、「仕うまつる御たちのかずにだにおぼさず、」（巻一、三頁）、「きんだちとも言はず、御方とはまして言はせ給べくもあらず」（巻一、三頁）、とあるように、継母の娘としてはもちろん、上流女房にも数えられない。落窪の君が自ら「人に知られぬ人」（巻一、一九頁）と表現するように、存在しないも同然であった。しかし、どんなに憎らしくとも、落窪の君に出て行かれては困る。というのも落窪の君は裁縫に長けており、彼女が縫い上げた衣装は、鍾愛の婿蔵人の少将にも評判がよいからである。継母は、男により盗み出されることを警戒しており、まして、権門の貴公子に迎えられ幸福になることなど言語道断である。よって後に道頼が通っていることが発覚した際には、食材を保管してある物置部屋に施錠して閉じ込めた上、好色漢のおじ典薬助に襲わせることで、結婚を阻止し、落窪の君を屋敷内に留めようとする。このようにあこきが落窪の君の境遇をいたわしく思い、「いかで思ふやうならん人に盗ませたてまつらん」（巻一、六頁）と帯刀にもらさなければ、権門の貴公子道頼と、孤立無援の継子姫は巡り会わなかったにちがいない。

以上のように、落窪の君と道頼の出会いから、道頼が落窪の君の部屋へ忍び込むまでには、『遊仙窟』の要素がふまえられていた。いずれも『遊仙窟』単独で『落窪物語』と結びつくのではなく、『鶯鶯伝』との重層的な受容であったり、恋物語の展開をささえるものとして『伊勢物語』そして『源氏物語』へと繰り返し変奏されている要素であった。

三　結婚第一日目から二日目①──『遊仙窟』と『伊勢物語』第五三段

落窪の君を垣間見た道頼は、いよいよ落窪の君のもとへ侵入し、一夜を過ごす。前述のように、落窪の君は心を閉ざし、そのまま夜明けを迎えてしまうが、その際二人を引き裂く鶏の声が、「鳥の鳴く声すれば」、「いとうらめしき鳥の声かな」、「人心うきには鳥にたぐへつゝ」と強調されていた。そしてこの場面は、『源氏物語』帚木巻との類似が指摘されており、さらにその箇所には『遊仙窟』受容の可能性があった。ここについて検討したい。

落窪の君と道頼の出会いから垣間見までに見える『遊仙窟』の要素は、他の平安文学にも受容が見込まれているものであったが、夜明けの鶏鳴についても、まず『伊勢物語』第五三段の創作に寄与している。『伊勢物語』は『落窪物語』に先行する物語のひとつであり、『落窪物語』における『遊仙窟』受容を考える際にも当然踏まえておかなければならない。よって、『伊勢物語』第五三段の『遊仙窟』的な要素を再度確認した上で、『落窪物語』についても検討することとしたい。

むかし、男、あひがたき女にあひて物語などするほどに、とりの鳴きければ、

いかでかはとりの鳴くらむ人しれず思ふ心はまだ夜ぶかきに　（一五八頁）

『伊勢物語』第五三段は、せっかく「あひがたき女」と一夜を過ごしていたのに、鶏が鳴き、心残りにも別れなければならないことを詠んだ章段である。この章段について、『遊仙窟』をはじめて指摘したのは、契沖『勢語臆断』である。

たひ〳〵あひみむだにあるを、ことにあひかたきに逢て鳥の音聞たらん心、おもひやりて見るへし。遊仙窟云始知難レ逢難レ見可レ貴可レ重。可怜病鵲(アナニクノヤモメカラス)、半夜(ヨナカニ)驚(カス)レ人(ヲ)。薄媚狂雞(ナサケナキノウカレトリ)、三更(マタヨヒニ)唱(フ)レ暁(ヲ)。伊勢集枇杷左大臣哥

あふ事のあけぬ夜なから明ぬれは我こそかへれ心やはゆく

新古今集に忠見が哥に

いつかたに鳴て行らん郭公よとのわたりのまた夜深きに

此落句は今の哥より出たる歟(22)

『勢語臆断』が指摘するのは、文成と十娘の後朝の場面で、『遊仙窟』に「始て知ぬ逢ひ難く見難く、貴ぶべく重ずべし。俄頃としばらくある中間(あひだ)に、数廻(あまたたび)相ひ接はる。誰か知らん可憎(あなにく)の病鵲(やもめがらす)の、夜半(よなよな)に人を驚かす。薄媚狂鶏(なさけなきうかれどり)の、三更(まだあけざる)に暁を唱ふ。」（五四ウ）とあるうちの、傍線部を省略したものである。これをうけて渡辺秀夫氏は、第五三段は『遊仙窟』当該箇所の翻案であり、『万葉集』巻四「更大伴家持贈坂上大嬢歌十五首」内の七四一・七四二・七四四・七五五番歌と同じく、「知識官人の遊戯歌の系列に成るもの」と説く。(23) 和歌を含め『勢語臆断』の注に関する分析は前掲の新間氏の論に詳しいが、改めて契沖の指摘する『遊仙窟』と第五三段の共通要素をあげると、相手の女性が「あひがたき女」であることと、「まだ夜ぶかき」時分に鶏が鳴き夜明けを告げたところにある。

まず、「あひがたき女」については、『勢語臆断』が引く『遊仙窟』に「始(テ)知(ヌ)難(ク)レ逢難(ク)レ見可(ク)レ貴(フ)可(シ)レ重(ス)」とあるのに一致する。新間氏が指摘するように、『遊仙窟』には、逢う機会がなかなか得られないという「あひがたき」（「恨むる所は別れ易く會ひ難き、去留乖(そむ)き隔てんことを。」）もあるが、契沖の指摘する「始(テ)知(ヌ)難(ク)レ逢難(ク)レ見可(ク)レ貴(フ)可(シ)レ重(ス)」は、文成にとって十娘がいかに貴重な女性であるかを知ったという部分であり、めったに巡り会えないほどすばらしいという意味での「あひがたき」である。よってこれを踏まえて第五三段を解釈する場合、会う機会が少ないことと併せて、「人知れず深い思いを抱いているとすれば、めったに逢えないほどの魅力を持っているからなのである」[24]ということをも読み取るべきであろう。ちなみに塗籠本では「あひがたき女」を「ありがたかりける女（あひかた一本）」に作る。

　次に「まだ夜ぶかきに」鶏が鳴いたというのは、「薄媚狂雞（なさけなきうかれどり）の、三更（まだあけざる）に暁を唱ふ。」に対応する。『遊仙窟』では「三更」とあり、「まだあけざるに」と読んでいる（『勢語臆断』では「まだよひに」と読む）。平安時代の「あく」には、「夜が明けて明るくなる」という場合と「日付が改まる」という場合がある。[25]「三更」は、現在の午後の十一時から午前の一時頃を指すから、「まだあけざるに」は後者であり、まだ日付の変わらない深夜ということになる。つまり『遊仙窟』は、せっかくの一夜限りの逢瀬であるにもかかわらず、夜明けにはほど遠い深夜のうちから、薄情にも鶏が鳴き出し別れをせき立てたということになる。

　それに対して第五十三段はどうだろうか。「夜ぶかき」[26]が指す時間帯は、夜が更けた深夜の場合と、日付が改まった暁方のまだ夜明けにはほど遠い暗い時分をいう場合がある。[27]平安時代の日付変更時点は、丑の刻と寅の刻の間、現在の午前三時頃にあるから、以下のような例は、日付が変わってから夜明けまでまだ間のある時間帯となる。

　Aまだ夜ぶかきほどの月さしくもり、木の下をぐらきに、「御格子まゐりなばや」「女官はいままでさぶらはじ」「蔵人、まゐれ」など、いひしろふほどに、後夜の鉦うちおどろかして、五壇の御修法の時はじめつ。

（『紫式部日記』[28]一二四頁）

Bいとひさしうとる人もなきにうちたゆみてとられにけり。あさましうねたきことをおぼしけるに、夜ぶかきあかつきにむすびつけけるをみてとらへとどめてみたまひし

（『公任集[29]』七）

Aは、『紫式部日記』の冒頭である。後夜の鉦は、後夜の勤行をはじめる合図の鐘であり、午前三時頃にあたる。よってすでに日付は変わっているものの、まだあたりは暗い。Bは『公任集』七番歌の詞書きである。これは、五番歌の詞書に「二月まで梅のさかざりけるとし、まへの梅にむすびつけたる」とあるように、二月まで梅が咲かなかった年、庭前の梅の枝に歌が結びつけてあった。それに対して相手が誰なのかわからないまま返歌を梅の木に結びつけておいたのが六番歌。そして七番歌の詞書では、誰も歌を持って行かないので油断していたところ、またも知らない間に取られてしまった。悔しく思っていると、暁方、再び返歌を結びつけているところを発見して、その使いのものを捕らえて歌をみたという。「あかつき」は、日付が変わった午前三時から日の出までの時間帯であるから[30]、Bの場合も日付が変わったのちのまだ暗い時間帯となる。

深夜の時間帯を指す例として、もっとも端的なのが、『枕草子』第一二九段「頭弁の、職にまゐりたまひて」であろう。

頭弁の、職にまゐりたまひて、物語りなどしたまひしに、夜いたう更けぬ。「明日、御物

忌なるに籠るべければ、丑になりなば、あしかりなむ」とて、まゐりたまひぬ。早朝、蔵人所の紙屋紙ひき重ねて、「今日は、残り多かる心ちなむする。夜を徹（とほ）して、昔物語もきこえ明かさむとせしを、鶏の声にもよほされてなむ」と、いみじう言（こと）多く書きたまへる、いとめでたし。御返りに、「いと夜深くはべりける鶏の声は、孟嘗君のにや」ときこえたれば、たちかへり、「『孟嘗君の鶏は、函谷関をひらきて、三千の客、わづかに去れり』とあれども、これは、逢坂の関なり」とあれば、（三〇三頁―三〇四頁）[31]

これによると頭の弁行成は、「丑になればあしかりなむ」と言って辞去していったのであるから、行成が帰ったのはまだ子の刻のうちであったことになる。翌朝、清少納言は「いと夜深く[32]はべりける鶏の声は、孟嘗君のにや」と、『史記』孟嘗君列伝に見える函谷関の鶏鳴の故事を持ち出して、実際には鳴きもしない鶏の声にかこつけて言い訳する行成をやりこめた。行成が退出したのが子の刻であるから、この「夜深し」はまだ日付の変わる前の夜中ということになる。他にも、以下のような例は夜中を指すものであろう。

A　よふけてほととぎすをきくに

ふたこゑときくとはなしにほととぎすよぶかくめをもさましつるかな（『伊勢集』一一九）

Bあやしう夜深き御歩きを、人々、「見苦しきわざかな。このごろ例よりも静心なき御忍び歩きのしきる中にも、昨日の御気色のいとなやましう思したりしに、いかでかくたどり歩きたまふらん」と嘆きあへり。

（『源氏物語』①夕顔巻一八一頁）

Aは詞書に「よふけて」とあるから、「よぶかく」は夜中のことである。Bは、光源氏の夜な夜なの忍び歩きを、女房たちが見とがめたものである。

第五三段の「いかでかはとりの鳴くらむ人しれず思ふ心はまだ夜ぶかきに」の歌は、「どうしてまだ夜ぶかいのに鶏が鳴いたのだろうか。」といい、そこに「人知れず」相手を思う気持ちが深く名残惜しいことが重ねられている。この「夜深し」は、暁方のまだ夜が明けるにはほど遠い時分とも解釈できるが、『遊仙窟』を踏まえるならば、まだ鶏の鳴くべき時間ではない深夜ととるべきではないか。その方がより、「いかでかは」という疑問が生きてくる。「あひがたき」女とやっとのことで実現した逢瀬だったにも関わらず、夜中から鳴き騒ぐ鶏への憤慨が「いかでかは」にこめられていることになる。

四　結婚第一日目から二日目②──落窪の君と道頼の後朝と『遊仙窟』

落窪の君と道頼の逢瀬では、「かうして明けにけり。鳥の鳴く声すれば」（巻一、二八頁）とある。年立では十一月十八日にあたる。昨晩落窪の君のもとへ忍び込む前に、翌朝の迎えについて「御車は、『まだ暗きに来。』とて返しつ。」（巻一、二二頁）とあり、実際、前掲の「とり」を詠み込んだ和歌の贈答の後すぐに、「御車ゐてまゐりたり。」（巻一、二九頁）と迎えに来ているから、この場面は本来男が女のもとを去るべき時間、つまり鶏鳴が響くべき暁方である。なお、「からうして明けにけり。」は、あたりが明るくなったことではなく、日付が変わったことを指すものである。このように別れを促す鶏鳴のみでは、十分に『遊仙窟』的とは言えないことになる。愛し合う二人を引き裂く鶏鳴を嘆かわしいとするのは、『遊仙窟』に限ったものではなく、後朝の別れを惜しむ和歌にも詠まれている。中には、「ひとりぬる時はまたるる鳥のねもまれにあふよはわびしかりけり」（『後撰和歌集』巻十三、恋五、八九五　小野小町があね）や、「こひこひてまれにあふよのあかつきはとりのねつらきものにざりける（『古今和歌六帖』第五、「あかつきにおく」、二七三〇閑院大臣）」のように、『伊勢物語』第五三段や『落窪物語』同様、まれの逢瀬とわかるものもある。しかし、落窪の君が、会う機会に恵まれていないと同時に、比類ない魅力的な女性でもあるという点において、二人の逢瀬は、やはり『遊仙窟』的なのではないだろうか。

まず、落窪の君は一人落窪の間に住まわされ、娘としてはおろか女房の数にも入らないため、世間にその存在を知られていない。また、継母に監視され、結婚することを許されておらず、会う機会に恵まれない女であった。

では、めったにないほどすばらしいという意味での「あひがたき」はどうであろうか。『遊仙窟』の「始て知ぬ逢ひ難く見難く、貴ぶべく重ずべし。」（五四ウ）は、一連の露骨な情交の描写の後に続いており、張文成が一夜を共にすることにより、いかに十娘が魅力ある女性であり、いかに愛すべき存在であるかを認識したというながれである。文成は公務があるため一夜限りで十娘のもとを旅立ったが、

口の上に脣裂け、胸の間に気満つ。涙の瞼千行、愁の腸寸に断ゆ。端坐とうつゐにして琴を横たへ、涕と血と襟に流る。千の思ひ競ひ起こり、百の慮り交り侵す。

（六三ウ・六四オ）

と、彼女のことを一時たりとも忘れることができなかった。十娘はそれほどまでに文成を魅了したのであり、それを言ったのが「始て知ぬ逢ひ難く見難く、貴ぶべく重ずべし。」（五四ウ）ということになる。

このように逢瀬により相手のたぐいまれなることを認識したというのは、『落窪物語』についても言えそうである。前述のように、道頼は、落窪の君が心を開かないまま鶏鳴を聞き、屋敷を去らなければいけない気持ちを「君がかく泣き明かすだにかなしきにいとうらめしき鳥の声かな」と歌にこめた。そして「いらへ時〻はしたまへ。御声聞かずはいとゞ世づかぬ心ちすべし。」と促したところ落窪の君がやっと応じたのが、「人心うきには鳥にたぐへつゝ泣くよりほかの声は聞かせじ」の歌であった。その内容は道頼の仕打ちをうらむものであったが、ほん

のわずかに落窪の君が心を開いた瞬間でもあった。その結果「いとらうたければ、少将の君、なほざりに思ひしを、まめやかに思ふべし。」とあるように、それまで生半可だった落窪の君への愛情を確固たるものにしたということが、語り手の目線から記されている。「なほざりに思ひしを」とあるが、道頼の落窪の君への求婚は、当初、「あはれ、いかに思ふらん。さるわかうどほり腹ななりかし。我にかれみそかにあはせよ」（巻一、七頁）という、皇統の血を引く不憫な姫君に対する興味本位なものであった。

されぱこそ入れに入れよとは。婿取らるゝもいとはしたなき心ちすべし。らうたうなほおぼえば、こゝ迎へてん。」と、「さらずは、あなかまとてもやみなんかし。」（巻一、九頁）

とあるように、左大将の息子である道頼からすれば、中納言家で娘の数にも入らない娘を、正式な手順を踏んで妻に迎えるのは不釣り合いであり、気に入らなければすてておこうという軽い気持ちであった。それが、逢瀬を経て鶏鳴が響くのと同時、最後の最後に、落窪の君が心を開き、愛情を深めたという。

その結果、一日でやむことなく、次の日も落窪の君を訪れている。

こよひははかまもいとかうばし。はかまもきぬもひとへもあれば例の人心ちし給て、をとこもつゝましからず臥し給ぬ。こよひは時々御いらへしたまふ。いと世になうあるまじうおぼえ給て、よろづに語らひ給ふ程に、夜もあけぬ。（巻一、三七頁）

この日は、あこきのはたらきにより衣装も整い、落窪の君も昨日よりも打ち解けてきている。このような落窪の君を、「いと世になうあるまじうおぼえ給て」と、比類なくめったにないほどすばらしいと受け止めている。(33) このように『落窪物語』では、二日間にかけて段階的に愛情が増さっていくが、逢瀬を経てその女がいかにかけがえのない存在であるかを発見したというのは、『遊仙窟』の「始知難逢難見、可貴可重。」を意識したものではないか。「いと世になうあるまじうおぼえ給て」とあるのは、二日目であるが、一日目の逢瀬の去り際に愛情を深めたことが、二日目の通いを引き出しており、一日目にして彼を引きつけた魅力はすでに相当なものであったことになる。

のちに、落窪の君への愛情がいつまさったのかについて、道頼はこの場面ではなく、「かのおちくぼの言ひ立てられてさいなまれ給し夜こそいみじき心ざしはまさりしか。」(巻四、二六八頁)と答えている。これは継母や中納言が女君のことを「落窪の君」と呼ぶのを道頼が聞いた時のことで、本文では、「おちくぼの君とはこの人の名を言ひけるなり、(中略)まゝ母こそあらめ、中納言さへにくゝ言ひつるかな、いといみじう思ひたるにこそあめれ、いかでよくて見せてしがな」(巻一、七一頁)とあるのを指す。それにもかかわらず、結婚第二日目のところで、「いと世になうあるまじうおぼえ給て」とするのは、かえって『遊仙窟』の「あひがたき」女を意識したものではないかと思わせる。

なお『遊仙窟』では、文成と十娘の情交の様子が、露骨に描写されていた。『落窪物語』もまた、他の平安時代の物語と比較して、「寝」「ふす」といった性愛表現をそのまま書く傾向があり、第一日目の道頼と落窪の君の逢瀬も、「少将、とらへながら、装束解きて臥し給ぬ。女、おそろしうわびしくて、わなゝき給て泣く。」（二六頁）など、それなりに経過がわかる書き方となっている。しかし、そこに『遊仙窟』のような官能性はなく、「ひとへぎぬはなし。はかま一つ着て、所〴〵あらはに身につきたるを思ふに、いといみじとはおろかなり。涙よりも汗にしとゞなり。」（二八頁）と、逢瀬の様子の一環として落窪の君の装束に言及することにより、継子として冷遇されている状況が浮かびあがる。さらに、『落窪物語』では、落窪の君と道頼の逢瀬だけでなく、あこきと帯刀の逢瀬をまじえ、両者を交互に描写しつつ進行していく。性愛描写を含むことは、『遊仙窟』ほどではないが、『鶯鶯伝』の会真詩、『霍小玉伝』、『李章武伝』などにも見られる傾向(34)であり、唐代伝奇と『落窪物語』の関連を考える上で留意しておきたい。

以上のように鶏鳴だけでは、『遊仙窟』的な要素か判断しかねるものの、逢瀬までの過程や「あひがたき」女といった他の要素と複合的にみると、夜明けを告げ、別れを促す鶏鳴についても、やはり『遊仙窟』的なものなのではないだろうか。

しかし、次の三日目で、その愛情のほどが早速試されることとなる。正式な結婚であれば、男は三日間空けることなく通いつづけ、三日目の露顕をもって正式に婿として迎えられ披露される。ここはあくまで私的な結婚であるが、あこきは三日夜の餅を用意して、かたちばかりでも儀式を行いたいと思っている。三日目に来るか来ないかは二人の間で結婚が成立するか否か大事な日である。しかし、この日は、あいにくの大雨であった。道頼は一度躊躇するが、結局は帯刀に励まされて、大雨の中、途中盗人の嫌疑をかけられながらも、落窪の君を訪れた。この場面では、落窪の君の言葉に「降りぞまされる。」(四五頁)、「身を知る雨のしづくなるべし」(四九頁)とたびたび、「かずかずに思ひ思はず問ひがたみ身を知る雨はふりぞまされる」の歌が引かれ、諸注が指摘するように、『伊勢物語』第一〇七段を意識した構成になっている。

(藤原敏行)「雨のふりぬべきになむ見わづらひはべる。身さいはひあらば、この雨はふらじ」といへりければ、例の男、女にかはりてよみてやらす。

かずかずに思ひ思はず問ひがたみ身をしる雨はふりぞまされる

とよみてやれりければ、みのもかさも取りあへで、しとどにぬれてまどひ来にけり。

(二〇六頁—二〇七頁)

『伊勢物語』第一〇七段では、藤原敏行が、雨が今にも降り出しそうなので、女の家を訪れかねていると、女のもとから「かずかずに」の歌が届けられる。これは業平による代作なのであるが、これに感じた敏行は、雨の中びしょ濡れになりながらやってきたという。

道頼が愛情を深めた結婚第一日目と第二日目は、『遊仙窟』をふまえた構成になっており、それは、『伊勢物語』第五三段にすでに取り込まれ、物語化されている要素であった。作者はこれを承知しており、よって第三日目には、その『伊勢物語』の一章段を用いて、道頼の愛情を試すような展開に仕立てたのではないかと、想定してみたくなる。「かずかずに」の歌は、『古今和歌集』『古今和歌六帖』などにも採録されており、すでに雨が降っていたという点においては、『古今和歌集』の詞書に近い(35)が、雨の中濡れながらやってきたというくだりは『伊勢物語』にしかない。

おわりに

以上のように、道頼と落窪の君の出会いから結婚当初、落窪の君が道頼に打ち解けるまでの場面には、『遊仙窟』的な要素が取り込まれていた。いじめに苦しむ継子姫の前に権門の貴公子が現れ、恋愛関係となり、継子姫が苦境を脱出した後、やがて正式に妻として迎えられ繁栄するというのは、『住吉物語』とも共通する継子物語のプロットである。『落窪物語』ではその土台のうえに、さらに二人の恋愛を具体的に語る基盤として、『遊仙窟』の要素を取り入れているのではないか。そのことにより、本来出会うはずのない継子姫と権門の貴公子を引き合わせて、男の愛情を深めさせ、継子の救済者としてその出発点に据え置いたとは考えられないだろうか。またその『遊仙窟』的な要素は、いずれも『伊勢物語』や『源氏物語』といった平安時代の他の物語文学における受容と軌を一にするものであった。

『落窪物語』において、漢籍受容を検討することはどのような意味があるか。それは『落窪物語』を「平安時代の物語」として評価するひとつの方法である。『落窪物語』は、継子物語という枠組みのなかで検討されることが多かったが、その他の要素については、まだ多く検討の余地を残す。今後は継子いじめ譚以外の部分についても目を配り、『源氏物語』に先立つ物語の一員として、作品の読みや位置づけを行う必要がある。『源氏物語』に先立つ物語は、すべて文人の手によるとされている。よって、文人たちが本業としていた漢詩文の受容について検討することは、『落窪物語』の作品世界を読み解く一つの方法となる(36)。

本稿では、その第一段階として、『遊仙窟』をあげて『落窪物語』にも中国文学が受容されている可能性を示し、その受容の様相から、『落窪物語』もまた、「平安時代物語」史の中に位置づけられるものであることを改めて確認した。

注

(1) まとまった指摘としては以下の二つがあげられる。稲賀敬二『新潮日本古典集成』一四

（新潮社、一九七七年）解説。初出は一九七四年。三木雅博「『落窪物語』を読む」（片桐洋一他編『王朝物語を学ぶ人のために』世界思想社、一九九二年）。稲賀氏の解説は、漢文受容を指摘することで、文人による物語としての『落窪物語』の性格を検討しようとした嚆矢である。しかしその指摘は、文章表現の次元に留まるものであり、『落窪物語』の構想に関わる部分での受容を考える必要がある。三木氏の提示する唐代伝奇『鶯鶯伝』の受容はこの問題点に応えたものであるが、「一つの可能性」という慎重なものである。詳しくは後述したい。

（2）『落窪物語』の本文はすべて、藤井貞和校注『新日本古典文学大系』一八（岩波書店、一九八九年）による。仮名遣いは歴史的仮名遣いに改めた。傍線は私に付したものである。

（3）坂本共展「紫上構想とその主題」『源氏物語構成論』（笠間書院、一九九五年）

（4）『源氏物語』の本文はすべて、阿部秋生他校注・訳『新編日本古典文学全集』（小学館）による。傍線は私に付したものである。

（5）新間一美「伊勢物語における遊仙窟受容について—第五十三段・第五十四段を中心に—」山本登朗編『伊勢物語　虚構の成立』（竹林舎、二〇〇八年）。同氏「宮廷文学としての漢詩—平安朝における遊仙窟の受容を中心に」仁平道明編『王朝文学と東アジアの宮廷文学』（竹林舎、二〇〇八年）についても参照した。

（6）『遊仙窟』の本文はすべて、蔵中進編『江戸初期無刊記本遊仙窟　本文と索引』（和泉書院、一九七九年）による。本文は書き下しのかたちで掲載した。傍線は私に付したものである。

（7）『伊勢物語』の本文は、すべて福井貞助校注・訳『新編日本古典文学全集』一二（小学館、二〇〇六年）による。傍線は私に付したものである。

（8）前掲注5、新間一美「伊勢物語における遊仙窟受容について—第五十三段・第五十四段を中心に—」

（9）諸田龍美「中唐恋情文学と国文学の展開—〈好色・色好み〉篇」『愛媛大学法文学部論集人文学科編』二三（二〇〇七年九月）

（10）前掲注1、三木雅博「『落窪物語』を読む」

（11）前掲注1、三木雅博「『落窪物語』を読む」

（12）齋木泰孝「類型化と個性化のはざま」『物語文学の方法と注釈』（和泉書院、一九九六年）

（13）陳寅恪「附　讀鶯鶯伝」『元白詩箋證稿』（古典文学出版社）参照。

（14）前掲注5、新間一美「伊勢物語における遊仙窟受容について—第五十三段・第五十四段を中心に—」

（15）山本登朗「「女歌」の源泉—平安朝の女性像と『遊仙窟』—」『礫』二四〇（二〇〇六年一〇月）、同氏「「『遊仙窟』文化圏」構想は可能か—「かいまみ」と「女歌」—」『和漢比較文学』四四（二〇一〇年二月）

（16）丸山キヨ子「源氏物語・伊勢物語・遊仙窟—わかむらさき北山・はし姫宇治の山荘・うひかうぶりの段と遊仙窟との関係—」『源氏物語と白氏文集』（東京女子大学学会、一九六四年）

（17）落窪の間については、服喪の際に籠もる「土殿」や厠の空間などが想定されている。（高橋亨氏の「〈落窪〉の意味をめぐって—物語テクストの表層と深層—」『日本文学』三一—六〈一九八二年六月〉参照。）

(18) 前掲注15、山本登朗「『遊仙窟』文化圏」構想は可能か―「かいまみ」と「女歌」―」
(19) 前掲注15、山本登朗「『遊仙窟』文化圏」構想は可能か―「かいまみ」と「女歌」―」
(20) 三谷邦明『新編日本古典文学全集』一七（小学館、二〇〇四年）解説。
(21) 高橋亨「前期物語の話型」『物語と絵の遠近法』（ぺりかん社、一九九一年）、同氏「〈話型〉継子譚の構造―実例『落窪物語』」『国文学』三六―一〇（一九九一年九月）参照。
(22) 『勢語臆断』の本文は、久松潜一他校訂『契沖全集』九（岩波書店、一九七四年）による。傍線は私に付したものである。
(23) 渡辺秀夫「伊勢物語と漢詩文」『一冊の講座伊勢物語』（有精堂出版、一九八三年）
(24) 前掲注5、新間一美「伊勢物語における遊仙窟受容について―第五十三段・第五十四段を中心に―」
(25) 小林賢章「アク考」『アカツキの研究　平安人の時間』（和泉書院、二〇〇三年）
(26) 「夜深し」について、吉海直人「『源氏物語』「夜深し」考―後朝の時間帯として―」『古代文学研究第二次』一九、（二〇一〇年一〇月）に詳しい考察があり、本稿においても参照した部分がある。
(27) 小林賢章「日付変更時点とアカツキ」『アカツキの研究　平安人の時間』（和泉書院、二〇〇三年）
(28) 『紫式部日記』の本文は、中野幸一校注・訳『新編日本古典文学全集』二六（小学館、一九九四年）による。傍線は私に付したものである。
(29) 歌集の引用はすべて『新編国歌大観』（角川書店）による。傍線は私に付したものである。

(30) 前掲注27、小林賢章「日付変更時点とアカツキ」

(31) 『枕草子』の引用は、萩谷朴校注『新潮日本古典集成』一一(新潮社、一九八五年)による。傍線は私に付したものである。

(32) 孟嘗君は、秦の昭王の追手を逃れるため、いち早く函谷関を通過したい。しかしながらまだ夜中であり、鶏鳴が響かなければ、関門は開かない。そこで鳴きまねのうまい従者が、鶏の鳴き声をまねしたところ、他の鶏がこれにつられて鳴いたため、関門が開かれ、逃がれることができた。

(33) 「あるまじうおぼえ給て」の部分については、「いと世になう」と並列して落窪の君の魅力が卓越したものであると解するのが大半であるが、道頼が生きていられそうにないほど落窪の君を恋しく思っているという解もある。

(34) 近藤春雄「愛情小説の世界」『唐代小説の研究』(笠間書院、一九七八年)参照。

(35) 『古今和歌集』の七〇五番歌の詞書には、「藤原敏行朝臣のなりひらの朝臣の家なりける女をあひしりてふみつかはせりけることばに、いままうでく、あめのふりけるをなむ見わづらひ侍るといへりけるをききて、かの女にかはりてよめりける」とある。

(36) 前掲注1参照。

源氏物語と遊仙窟——若紫巻と夕顔巻を中心に

新間一美

一　基層としての遊仙窟

わが国における唐代伝奇の受容について考えてみる。唐代伝奇の早い作品であり、初唐期の七世紀末頃に作られた張文成（名は鷟（さく）、文成は字（あざな））作の遊仙窟は、八世紀初頭にはわが国に伝わり、万葉集に多大な影響を与えたことが知られている。例えば、山上憶良の「沈痾自哀文」に引用され、大伴旅人の「遊松浦河序」（松浦河に遊ぶといふ序）に使われ、大伴家持の和歌に翻案された。中に男女の贈答詩、書簡を含み、一部は四六駢儷体で書かれている。それが、和歌や序文、物語文学などさまざまな文体に影響を与えた一つの理由となっている。

平安期に入ると八世紀末から九世紀初頭にかけて作られた中唐期の新しい伝奇がわが国に伝わっている。沈既済（しんきせい）作の「任氏（じんし）伝」、陳鴻作の「長恨歌伝」、元稹作の「鶯鶯伝」などである。(1)それらは散文の作品であるが、「任氏伝」は白居易の「任氏（怨歌）行」と共に、「長恨歌伝」

は同じ白居易の「長恨歌」など長編の詩と共に読まれた。(2) 唐代伝奇は詩と共に享受されたのである。

「鶯鶯伝」については、作中に「明月三五夜」詩、楊巨源「崔娘詩一絶」、元稹の「会真詩三十韻」、崔氏作の絶句二首などが見えるが、他に周辺の詩として元稹「古艶詩」二首、「鶯鶯歌」（李紳）、「春遊㆑夢詩七十韻」（元稹）、「和㆓春遊㆑夢詩㆒一百韻」（白居易〈〇八〇四〉）(3) などが知られており、散文と詩を合わせた一つの文学世界を形成している。(4)

さらに「鶯鶯伝」に関わる白居易の周辺作品の一例を挙げよう。大和四年（八三〇）、元稹（字は微之）五十二歳の時の詩に白居易が唱和した作である。(5)

　和微之十七与君別及朧月花枝之詠〈二八五八〉

　　微之が十七にして君と別れ朧月花枝に及ぶの詠に和す

別時十七今頭白　　別れし時には十七にして今頭白し
悩乱君心三十年　　君が心を悩乱すること三十年
垂老休吟花月句　　老いに垂むとして吟ずるを休めよ花と月の句
恐君更結後身縁　　恐らくは君更に後身の縁を結ばむ

元稹の、十七歳の時の恋の離別を思い出して詠んだ「朧月」と「花枝」に言及した詩に唱和している。三十年を越える恋の思い出を描いた詩を承けて、老いを迎えようとしているのに、もういい加減に忘れなさいと白居易が友人として助言している。
遡って元稹が三十一歳の時の元和四年（八〇九）春三月、監察御使として蜀の東川に使いした途次の連作中に「朧月」と「花枝」が出てくる。

嘉陵駅二首　篇末有レ懐　（元稹）

〔其一〕

嘉陵駅上空牀客　　嘉陵駅上空牀の客
一夜嘉陵江水声　　一夜の嘉陵江水の声
仍対牆南満山樹　　仍ほ対ふ牆南満山の樹
野花撩乱月朧明　　野花撩乱として月朧明たり

〔其二〕

牆外花枝圧短牆　　牆外の花枝短牆を圧す
月明還照半張牀　　月明還た照らす半張の牀
無人会得此時意　　人の此の時の意を会得するもの無し
一夜独眠西畔廊　　一夜独り眠る西畔の廊

旅の夜に一人で川の音を聞いている。春の月が朧（おぼろ）で美しく、垣根の外に花が満ちていて月に照らされて美しい。この時の気持ちを理解してくれるものは誰もいないだろう、と詠む。

この二首に対し、長安の白居易が元稹の気持ちを思い遣って唱和している。

嘉陵夜有レ懐二首　（白居易）

〔其一〕〔〇七六四〕

露湿牆花春意深　　露牆花を湿ほして春意深し
西廊月上半牀陰　　西廊月は上（のぼ）り半牀陰（くも）れり
憐君独臥無言語　　憐む君が独り臥して言語の無きを
惟我知君此夜心　　惟だ我のみ君が此の夜の心を知る

〔其二〕〔〇七六五〕

不明不暗朧朧月　　明かならず暗からず朧朧たる月
非暖非寒漫漫風　　暖かならず寒からず漫漫たる風
独臥空牀好天気　　独り空牀に臥すに天気好し
平明閑事到心中　　平明に閑事心中に到る

白居易は元稹の置かれた状景を再現しながら、私だけがあなたの「此の夜の心」を知っていると言う。元稹が題注に「篇末に懐（おもひ）有り」と記し、白居易がそれを承けて詩題に「懐（おもひ）有り」と殊更に書いたのは、二人だけが知る元稹の深い思いであった。この思いが、後年の五十二歳になっても相変わらず元稹の心を占めていたことが、「朧月」「花枝」の語によって分かる。白居易が言う「閑事」（つまらぬこと）もこの思いである。

　また、月と花と共に「牆」（垣根）、「西廊」などにも関わることから、その思いは「鶯鶯伝」に描かれた恋に関する思いと見られる。二月十四日に女主人公である崔氏（幼名鶯鶯）が、召使いの紅娘を通じて、男主人公である張生に誘うような「明月三五夜詩」を贈った。

　待月西廂下　　月を待つ西廂の下(もと)
　迎風戸半開　　風を迎へて戸半ば開く
　払牆花影動　　牆(かき)を払ひて花影動く
　疑是玉人来　　疑ふらくは是れ玉人の来(きた)るかと

崔氏の寝所の西廂に至るには、垣根を越える必要があった。垣根のもとに杏の花の木があった。張生は翌日の満月の夜にそれによじ登って垣根を越えて崔氏に逢った。

　この夜は二人は結ばれないが、十八日の夜に女の方が男を訪れて結ばれる。「鶯鶯伝」には「斜月晶瑩、幽輝半牀」（斜月晶瑩にして、幽輝半牀）とあるし、元稹の「会真詩三十韻」には「微月透簾櫳、蛍光度碧空」（微月簾櫳に透(とほ)り、蛍光碧空を度(わた)る）とあって、杏の花とほのかな朧月が二人の出逢いの象徴的風景となった。嘉陵での夜に「西廊」の月に照らされた「半牀」が昔を思い出させたのである。

　この「朧月」のもとでの出逢いが、伊勢物語の第十六段（「狩の使」の段）に使われた。同段に「月のおぼろなるに」とあるのはその痕跡である。

花宴巻も同様に出逢いの場に「朧月」を配している。二月の二十余日の花の宴が行なわれた月の明るい夜、弘徽殿の細殿に立ち寄った光源氏は、若い女性が和歌を朗詠する声を聞く。

いと若うをかしげなる声の、なべての人とは聞こえぬ、「朧月夜に似るものぞなき」と、うち誦じて、こなたざまには来るものか。いとうれしくて、ふと袖をとらへたまふ。女恐ろしと思へるけしきにて、あな、むくつけ。こは誰そ」とのたまへど、「何かうとましき」とて、

深き夜のあはれを知るも入る月のおぼろけならぬ契りとぞ思ふ

とて、やをら抱きおろして、戸は押し立てつ。（花宴・五二(6)）

女が朗詠していたのは、白居易が元稹に唱和した七六五番詩の第一句を翻案した大江千里の歌「照りもせず曇りも果てぬ春の夜の朧月夜にしくものぞなき(7)」である。光源氏もそれに唱和するように「深き夜のあはれを知るも入る月のおぼろけならぬ契りとぞ思ふ」という、「月」の「おぼろ」という語を含んだ歌を詠んで女を誘った。この場面作りにおいては、「鶯鶯伝」の逢瀬の場面やその周辺作品である元白の唱和詩などが効果的に用いられているのである。なお、光源氏の歌は白居易の詩句「背燭共憐深夜月(8)」（燭を背けては共に憐む深夜の月）に由来する。

このように伝奇作品は中に詩を含んでいたり、周辺の詩作品とともに読まれていた。それが

わが国の物語の発展を促したのである。

「鶯鶯伝」の男女の主人公名は遊仙窟と同じく張と崔であることから、遊仙窟に倣って作られたとされる。(9) 別名が「会真記」であり、作中には元稹の「会真詩」を載せるが、「会真」は、真人（仙人の意）と会うの意味であって、女性との出逢いを仙女との出逢いのように描いている。その点も遊仙窟を受け継いで作られていると考えられる。

わが国では、「鶯鶯伝」や「長恨歌」は新しい遊仙窟のような作品として読まれたと思う。しかも中唐期の新しい伝奇が読まれるようになっても、遊仙窟は引き続き伊勢物語や源氏物語などに影響があった。遊仙窟の基層の上に新しい伝奇が享受されたと考えられるのである。

平安時代においても遊仙窟が享受されたことについては、和漢朗詠集（妓女）と新撰朗詠集（恋）に各一首が摘句されていることにも端的に示されている。しかも、該当の二首は、「朗詠九十首抄」「朗詠譜」のような譜を伴う作品にも載せられており、実際に朗詠に供され、親しまれたと考えられる。左に鎌倉期の写本とされる陽明文庫蔵の「朗詠譜」の訓を掲げる。(10)

容貌似舅、潘安仁之外甥。気調如兄、崔季珪之小妹。

容貌のかほばせは舅(をぢ)に似たり、潘安仁が外(はわかた)の甥(めい)なれば。気調のいきざしは兄(このかみ)の如し、崔季珪が小妹(をといもうと)なれば。（雑部・雑）〔4オ〕(11)

（和漢朗詠集・妓女〔七〇五〕）

可憎病鵲、夜半驚人。薄媚狂鶏、三更唱暁。

可憎の病鵲のやもめがらすや、夜半に人を驚かす。薄媚となさけなき狂鶏のうかれどり、三更に暁を唱ふ。（雑部・暁更）〔54ウ〕

（新撰朗詠集・恋〔七三二〕）

「容貌のかほばせは」「病鵲のやもめがらす」などはいわゆる文選読みであり、朗詠の訓読としては古めかしい。遊仙窟は古い読み方が相応しいと考えられ、古い形で生きていたのである。

右の二首は、遊仙窟の中でも特に有名な場面であったと見られる。前者については、源氏物語若紫巻、蜻蛉巻での利用が指摘されている。若紫巻については第三節で触れるが、蜻蛉巻では浮舟を失って鬱々としている薫と女一の宮付きの女房との間の会話に引かれている。薫が女一の宮を垣間見られるかと思い、西の渡殿を訪れた時に月のもとで女房の中将の君の弾く箏の音色が聞こえた。

箏の琴いとなつかしう弾きすさぶ爪音、をかしく聞ゆ。思ひかけぬに寄りおはして、〔薫〕「などねたまし顔にかき鳴らしたまふ」とのたまふに、皆おどろかるべかめれど、すこしあげたる簾うちおろしなどもせず、起きあがりて、〔中将の君〕「似るべき兄やははべるべき」といらふる声、中将のおもとかとか言ひつるなりけり。〔薫〕「まろこそ御母方の叔父なれ」と、はかなきことをのたまひて、

（蜻蛉・一六六八）

薫が、遊仙窟の「故故将繊手、時時弄小絃。耳聞猶気絶、眼見若為憐」（故故とねたましがほに繊かなる手を将ちて、時時に小き絃を弄す。耳に聞くだも猶気の絶えなんとするものを、眼に見んときに

若為憐からむ）〔5ウ〕を踏まえて、「などねたまし顔にかき鳴らしたまふ」と言葉を掛けると、中将の君が「似るべき兄やはははべるべき」と、「気調のいきざしは兄の如し」を踏まえて答えた。さらに薫が、「まろこそ御母方の叔父なれ」と、「容貌のかほばせは舅に似たり、潘安仁が外の甥なれば」〔4オ〕を踏まえて応酬したのである。

このことから、教養ある女房は、遊仙窟を踏まえた受け答えができたことが分かる。しかも引用は和漢朗詠集の摘句の範囲を越えているので、朗詠集の知識以上のものが想定されていると考えられる。(12)

後者の傍点を付した「鵲」と「鶏」については、次節で検討する。

二　夜明けの鶏と帚木巻

伊勢物語第五十三段には、「あひがたき女」に逢って夜明け近くになり、鶏が別れを急き立てるように鳴く場面がある。(13)

昔、男、あひがたき女にあひて、物語などするほどに、鶏の鳴きければ、

いかでかは鶏の鳴くらむ人しれず思ふ心はまだ夜深きに

この場面について契沖の勢語臆断では、遊仙窟の受容を指摘している

たびたびあひみむだにあるを、ことにあひがたきに逢て鳥の音聞たらん心、おもひやりて見るべし。遊仙窟云、始知レ難レ逢難レ見可レ貴可レ重。可レ怜病鵲、半夜驚レ人。薄媚狂鶏、三更唱レ暁。伊勢集枇杷左大臣哥、

あふことのあけぬ夜ながら明ぬれば我こそかへれ心やはゆく

新古今集に忠見が哥に、

いづかたに鳴て行らん郭公よどのわたりのまだ夜深きに

此落句は今の歌より出たる歟。

鶏が二人の別れを急き立てる中で、「あひがたき」「難逢」（逢ひ難き）、「まだ夜深きに」「三更」（まだよひに）という言葉の類似があるという指摘であり、この段が遊仙窟に由来するとの主張と受け取れる。遊仙窟引用の後半は新撰朗詠集恋部の摘句箇所である。「三更」は、夜の時間を五つに分けた時（五更）の三番目であり、夜更け・夜明け前で、醍醐寺本・江戸初期無刊記本では、「まだあけざるに」と訓読されている。

ただし、契沖は「たびたびあひみむだにあるを」（何度も逢っている場合ですら別れがたいのに）と言っているので、「あひがたき」を何か事情があって逢うのが難しい、の意と考えているようである。

遊仙窟には「始知難逢難見可貴可重。俄頃中間、数廻相接。誰知可憎病鵲……」（始めて知り

ぬ逢ひ難く見難く貴ぶべく重んずべし。俄頃としばらくある中間に、数廻相接る。誰か知らむ可憎の病鵲の……）〔54ウ〕とあるから、この「逢ひ難」きは、希少であり、貴重であるめったに逢えない素晴らしい（女）、の意と考えられる。第五十三段の場合も遊仙窟と同じ意味に取るのが良いのかも知れない。

一方、後段に、

　下官拭涙而言曰、所恨別易会難、去留乖隔。

　下官涙を拭ひて言ひて曰く、恨むるところは別れ易く会ひ難くして、去留乖き隔てんことを。〔55オ〕

とあって、別れることはたやすく、会うことは難しいとも言っている。こちらの方は男女の間での会えない事情があることを言っており、契沖の考え方に近いようである。

契沖は指摘しないが、続く夢での出逢いを取り上げる第五十四段についても遊仙窟的な場面と捉えることができよう。

　昔、男、つれなかりける女にいひやりける。

　　ゆきやらぬ夢路をたのむたもとには天つ空なる露や置くらむ

遊仙窟においては、夢の中での出逢いに期待する場面がある。

　僕乃詠曰、積レ愁腸已断、懸望眼応レ穿。今宵莫レ閉レ戸、夢裏向ニ渠辺一。

僕乃ち詠じて曰く、愁へを積んで腸已に断えなむとす、懸かに望んで眼穿けぬべし。
今宵戸を閉すこと莫れ、夢の裏に渠が辺らに向む。〔55オ〕

ここは鶏が鳴く場面に続く別の場面である。文成が、たとえ離ればなれになったとしても、きっと夢の中であなたに逢いに来るから扉を閉めずにいてほしいと訴えている。鶏が鳴く場面と夢の中での出逢いの場面は連続しており、遊仙窟の読者であれば、右の二段はともに遊仙窟的な表現と把握するところである。

遊仙窟の鶏の場面は、この伊勢物語の第五十三段のほかに、寛平四年（八九二）の七夕の詩宴で詠まれた菅原道真の七夕詩（菅家文草巻五〔三四六〕）などにも影響している。題は、「牛女に代りて暁更を惜しむ」であり、牽牛・織女星の一年に一度しかない逢瀬の別れの朝のつらさを詠んでいる。

七月七日、代牛女惜暁更。各分一字。応製。探得程字。
七月七日、牛女に代りて暁更を惜しむ。各一字を分く。製に応ず。探りて程字を得たり。

年不再秋夜五更　　年再び秋ならず夜五更
料知霊配暁来情　　料り知る霊配暁来るの情
露応別涙珠空落　　露は応に別れの涙なるべし珠空しく落つ

雲是残粧鬢未成　　雲は是れ残んの粧（よそほひ）　鬢（もとどり）未だ成らず
恐結橋思傷鵲、翅　　橋を結ばむを恐れて鵲（かささぎ）の翅（はね）を傷めむことを思ふ
嫌催駕欲唖鶏、声　　駕を催（うなが）すを嫌ひて鶏（とり）の声を唖（おふし）ならしめむとす
相逢相失間分寸　　相逢ひ相失ふ間（あひだ）分寸
三十六旬一水程　　三十六旬一水の程（ほど）

第五・六句（頸聯）の「鵲」と「鶏」の対が遊仙窟による。詩題の「暁更」や第一句の「五更」の「更」字も遊仙窟の「三更」と関わりがあると見られる。なお、第三・四句（頷聯）は、和漢朗詠集の七夕部（二一四）に摘句されている。第四句の織女星の寝乱れている様子「雲是残粧鬢未レ成」は、「長恨歌」の蓬莱山において目覚めた仙女としての楊貴妃の描写「雲鬢半偏新睡覚、花冠不整下堂来」（雲の鬟（みづら）半ば偏（くた）れて新たなる睡（ねぶ）り覚めたり、花の冠（かむざし）整（つくろ）はずして堂より下（お）りて来（きた）る）によるのであろう。(14)

この詩宴で同時に作られた島田忠臣の詩が田氏家集（巻下（二一二））に載る。

　七月七日、代牛女惜暁更。各分一字。応製一首。探賜人字。

　七月七日、牛女に代りて暁更を惜しむ。各一字を分く。製に応ず一首。探りて人字を賜る。

怪来霊匹少相因　　怪しみ来（きた）る霊匹相因（あひよ）ることの少なきを

天上仙殊地上人　天上の仙は地上の人と殊なり
箭漏応寛周歳会　箭漏はまさに寛やかにすべし周歳の会を
銅壺莫促一宵親　銅壺は促すこと莫れ一宵の親を
銀河夜鵲塡毛晩　銀河の夜鵲は毛を塡むこと晩かりしかども
禁樹晨鶏拍翅頻　禁樹の晨鶏は翅を拍つこと頻りなり
同作星難囑□斗　同じく星と作れども□斗に囑すること難し
廻杓直指北方辰　杓を廻らして直ちに指す北方の辰

道真詩と同じく頸聯に「鵲」「鶏」の対を使っている。これらは、共寝の朝における鶏の声に対する恐れや不満を遊仙窟から学び利用していると言えよう。

この二首が作られた時の小野美材の詩序が本朝文粋（巻八〔二二四〕）に載っており、その一部が摘句されて和漢朗詠集（七夕〔二一三〕）に載っている（左の第二段の鍵括弧内）。

　七夕、代牛女惜暁更。応製。

　　七夕、牛女に代りて暁更を惜しむ。製に応ず。

夫七月七日、霊疋佳期也。仰秋河之耿耿。瞻白気之弈弈。守夜之人、以此為応、登仙之語。信而有徴。今夕詔詩臣曰、「伉儷相親、天人惟一、易離難会、今古所傷。宜代牛女、深惜暁更」、臣奉綸綍、敢献葛韻。

夫れ七月七日は、霊疋の佳期なり。秋河の耿耿を仰ぎて。白気の弈弈たるを瞻る。夜を守る人、此れを以ちて応と為す。登仙の語、信に徴有り。今夕詩臣に詔して曰く、「伉儷相親しむこと、天人惟れ一なり。離れ易く会ひ難きは、今古傷むところなり。宜しく牛女に代りて、深く暁更を惜しむべし」と。臣綸綍を奉じ、敢へて蒭韻を献ず。

原夫、「二星適逢、未叙別緒依依之恨。五更将明、頻驚涼風颯颯之声」。時也香筵散粉、綵縷飄空、宮人懐私之願、似面不同、墨客乞巧之情、随分応異。臣有一事、非富非寿、家貧親老。庶不択官云爾。

原ぬるに夫れ、「二星適逢ふ、未だ別緒依依の恨みを叙べざるに。五更将に明けなむとす。頻りに涼風颯颯の声に驚く」。時また香筵粉散じ、綵縷空に飄る。宮人私を懐ふの願ひ、面に似て同じからず。墨客巧を乞ふの情、分に随ひて応に異なるべし。臣一事有り、富にあらず寿にあらず。家貧にして親老いたり。庶くは官を択ばずと云ふこと爾り。

「秋河耿耿」は「長恨歌」〈〇五九六〉の「星河耿耿欲レ曙天」を踏まえている。「長恨歌」「長恨歌伝」を見ると、玄宗と楊貴妃は七夕の晩に二人だけでいる時に、牽牛織女の二星の永遠の愛に感動して「比翼連理」の誓いをしたとされており、七夕の出逢いに「長恨歌」の表現を用いるのはもっともである。ただし、「詩臣」に下された宇多天皇の「詔」〈第一段の鍵括弧内〉の中に見える「易離難会」（離れ易く会ひ難き）は、前述の遊仙窟の十娘と別れる場面での文成の発言「所恨別易会難、去留乖隔」（恨むるところは別れ易く会ひ難くして、去留乖き隔てんことを）〔55オ〕に基づくのであり、牽牛織女の暁の別れについて、遊仙窟の別れの表現を利用している。

和漢朗詠集に摘句された「二星適逢ふ、未だ別緒依依の恨みを叙べざるに。五更将に明けなんとす。頻りに涼風颯颯の声に驚く」に見える「別緒」も遊仙窟の語である。文成と十娘の二人が夜を過ごした後、五嫂が詠んだ詩に見える。

五嫂詠曰、此時経一去、誰知隔幾年。双凫傷別緒、独鶴惨離絃。

五嫂詠じて曰く、此の時に一たび去ることを経、誰か幾年をか隔たることを知らむ。双べる凫は別れの緒を傷む、独りある鶴は離れの絃を惨む。〔56オ〕

美材の詩序、道真・忠臣詩のいずれにも遊仙窟の利用が指摘できるので、この七夕の詩宴では、遊仙窟を積極的に使って行こうという了解があったと思われる。朝の男女の別れの場面では遊仙窟が想起されたのである。

源氏物語の帚木巻にも鶏が出てくる場面があり、遊仙窟が使われていると見られる。紀伊守の屋敷で、光源氏と空蝉が初めて逢った夜が明けようとしている。

鶏も鳴きぬ。……「いかでか聞ゆべき。世に知らぬ御心のつらさも、あはれも、浅からぬ世の思ひ出では、さまざまなるめづらかなるべき例かな」とて、うち泣きたまふけしき、

いとなまめきたり。鶏もしばしば鳴くに、心あはたたしくて、

　つれなきを恨みも果てぬしののめにとりあへぬまでおどろかすらむ

女、身のありさまを思ふに、いとつきなくまばゆきここちして、めでたき御もてなしも、何ともおぼえず、常はいとすくすくしく心づきなしと思ひあなづる、伊予のかたの思ひやられて、夢にや見ゆらむ、と、そら恐ろしくつつまし。

　身の憂さをなげくにあかであくる夜はとり重ねてぞ音もなかれける

ことと明くなれば、障子口まで送りたまふ。うちも外も人騒がしければ、引きたてて別れたまふほど、心細く、隔つる関と見えたり。　（帚木・九三）

夜が明ける時に「とり」が「おどろか」すところが遊仙窟を用いている証左であり、同じところを伊勢物語第五十三段が用いていた。女を「つれなき」と言っているところは、「つれなかりける女」を描いた伊勢物語第五十四段によっていると見られる。夫の伊予の介の夢に見えるとするところも遊仙窟的であり、第五十四段にもある。ここは、紫式部が伊勢物語第五十三段と第五十四段が遊仙窟によっていることを認めた上で、遊仙窟と両段を用いて場面を作っていると考えられる。

引き続き、同じ紀伊守の屋敷内で光源氏が有明の月を見ながら、別れたばかりの空蝉を思う場面があり、これも遊仙窟と関係があると見られる。

御直衣など着たまひて、南の高欄にしばしうちながめたまふ。西面の格子そそきあげて、人々のぞくべかめる。簀子の中のほどに立てたる小障子の上より、ほのかに見えたまへる御ありさまを、身にしむばかり思へる、すき心どもあめり。月は有明にて、光をさまれるものから、かほけざやかに見えて、なかなかをかしき曙なり。何心なき空のけしきも、ただ見る人から、艶にもすごくも見ゆるなりけり。人知れぬ御心には、いと胸いたく、ことつてやらむよすがだになきを、と、かへりみがちにて出でたまひぬ。　（帚木・九二）

遊仙窟では、張文成が十娘を垣間見てその美しさに動揺したあと、十娘に書簡を贈る（〔6ウ〕～〔11ウ〕）。その中で次のように心中を訴えている（注の訓読を省略）。

無情明月故故臨窓、多事春風、時時動帳。愁人対此、将何自堪。空懸欲断之腸、請救臨終之命。元来不見、他自尋常、無事相逢、却交通煩悩〔言、我昔元来不レ見二十娘一、中心尋常。乃今獲レ見之後、却令三我心更生二煩悩一。是悶悩是乱也。〕。

無情とあぢきなき明の月のみぞ故故とねたましがほに窓に臨めり。多事とあぢきなき春の風は、時時に帳を動かす。愁へる人此れに対ひて、何を将ちてか自ら堪へむ。空しく断えなむとする腸を懸けて、終りに臨まむとする命を救はむと請ふ。元来見ざらましかば、他も自も尋常とつねならましものを。無事とあぢきなく相逢ひて、却りて交ひに煩悩となやます。〔11オ〕

文成は、「窓」に「明月」を見、「春風」が「帳」を動かすのを見ながら十娘を思っている。その月が訓読では、「ありあけの月」であり、「(故故と)ねたましがほ」とされているのである。光源氏が見た「有明」の「月」の「かほ」は、この遊仙窟に基づくと思われる。(15) そうすると「何心なき空のけしき」とある「何心なき」も「無情」(無情とあぢきなき)と関わりがあることになる。自然が心を持つはずもないのに、心があるように思えてしゃくである、の意である。

文成が対しているのは、普通には美しい春の月であり、趣のある春風であろうが、十娘を垣間見た故に「愁へる人」となっており、風景もつらく感ずる。光源氏にとっても空蟬とのつらい時間を過ごした上での「有明の月」であった。「空のけしきも、ただ見る人から、艶にもすごくも見ゆるなりけり」とあるのは、十娘を思って「無情」の「明月」を眺める遊仙窟の描写に基づいているのである。

この帚木巻の遊仙窟の利用は、恋の描写と関係のある有明の月が遊仙窟を意識している可能性があることを示している。例えば花宴巻では、光源氏が暁に別れた朧月夜の君を有明の月に見立て、「世に知らぬここちこそすれ有明の月のゆくへを空にまがへて」(花宴・五八)と詠んで、「有明の月」を眺めての物思いをしており、地の文では彼女を「有明の君」(花宴・五八)と称していることも遊仙窟と関わりがあろう。

また、右の注にも説明されているように、十娘を見るまでは心は「尋常」であったが、見たあとは「煩悩」が生じた、という発想が遊仙窟にあることが知られる。百人一首に採られて有名な次の二首についても遊仙窟との関わりを考えて良いように思われる。

有明のつれなく見えし別れより暁ばかり憂きものはなし　（壬生忠岑・古今〔六二五〕）

あひ見てののちの思ひにくらぶれば昔はものを思はざりけり　（藤原敦忠・拾遺〔七一〇〕）

三　伊勢物語初段・若紫巻と遊仙窟

源氏物語の若紫巻は伊勢物語初段に基づいていることは周知であるが、その伊勢物語の初段が遊仙窟に基づき、若紫巻は初段と遊仙窟に基づいている、と論ぜられたのが、丸山キヨ子氏であった(16)。

昔、男うひかうぶりして、平城の京、春日の里にしるよしして、狩に往にけり。その里に、いとなまめいたる女はらから住みけり。この男かいまみてけり。おもほえず古里に、いとはしたなくてありければ、ここちまどひにけり。男の着たりける狩衣の裾を切りて、歌を書きてやる。男、しのぶずりの狩衣をなむ着たりける。

春日野の若紫のすり衣しのぶの乱れ限り知られず

となむおいつきていひやりける。ついでおもしろきこととともや思ひけん。

みちのくの忍ぶもぢずり誰(た)れ故に乱れそめにし我れならなくに

といふ歌の心ばへなり。昔人は、かくいちはやきみやびをなんしける。

氏の遊仙窟との関わりの論を私にまとめて箇条書にしてみる。

○二人の女性（「女はらから」、「祖母と孫娘」）と若い男との垣間見を通じての出逢い。

○都から離れた場所での「意外な邂逅」（「春日野」と「北山」）

○橋姫巻での薫の大君・中君垣間見も遊仙窟に基づく。

○遊仙窟の受容が顕著な「遊松浦河序」・蜻蛉巻に言及。

渡辺秀夫氏は、丸山説に加えて、「いとなまめいたる女はらから」の「なまめく」という語に注目され、それが遊仙窟の訓に、「婀娜徐行」（婀娜(あだ)となまめいて徐(おもむろ)に行く）〔40オ〕とあることを指摘された(17)。

ただし、私見では、初段と遊仙窟との間にはもっと密接な関連があるとみるべきである。次のような遊仙窟の訓と初段との共通性は、それを示している。

「迍邅(ちゅんてん)」（迍邅とうぢはやきこと）〔1ウ〕、「風流」（風流のおもしろきを）〔6ウ〕、「迷乱」（迷(まど)ひ乱るるに）〔11オ〕、「猖狂」（猖狂とみだる）〔15ウ〕、「精神更迷惑」（精神のたましひ更に迷惑とまどひなん）〔15ウ〕、「風流」（風流のみやびかごとを）〔44ウ〕

田中隆昭氏は丸山説を踏まえ、若紫巻と遊仙窟との関わりをより明確にされた(18)。これも私にまとめて箇条書で示そう。

○若紫巻における仙境性。花と霞の桃源郷。仙境における出会い（若紫・明石の上）

○若紫と藤壺との相似。崔十娘と潘安仁・崔季珪と相似。

○目立つ住まいに誰が住むのかという問い　○素姓の詮索　○眠れぬ一夜

○果物　○優曇華の花　○花の顔　○管絃の宴　○鳥の驚き

拙稿「源氏物語若紫巻と遊仙窟」[19]においては、遊仙窟訓読の重要性を強調した。例えば「まどろまれたまはず」（若紫・一九七）と「少時坐睡」（少時あつて坐ら睡んで）〔13オ〕、「夜もいたう更けにけり」（若紫・一九七）と「于時夜久更深」（時に夜久く更深て）〔6ウ〕などである。そして、「ゆかり」の語が遊仙窟に見えることを指摘した。第一節で挙げた和漢朗詠集で抜き出されている「容貌似舅、潘安仁之外甥……」の直前に次のようにある。

余問曰、此誰家舍也。女子答曰、此是崔女郎之舎耳。余問曰、崔女郎何人也。女子答曰、博陵王之苗裔、清河公之旧族也。（容貌似舅、潘安仁之外甥……）

余問ひて曰く、此は誰が家舎のいへとかする。女子答へて曰く、此れは是れ崔女郎といふひとの舎ならくのみ。余問ひて曰く、崔女郎何なる人ぞ。女子答へて曰く、博陵王の苗裔のはつまご、清河公の旧き族なり。（容貌のかほばせは舅に似ぬ、潘安仁が外の甥なれば……）〔4オ〕

この「旧族」(旧き族(やから))のところに刊本の左訓には、「旧族(ゆかりなり)」とあり、醍醐寺本には、「旧族のゆかりなり」とある。十娘は、河北の名族崔氏の「ゆかり」のものとされていた。十娘が若紫の原型であるとするならば、「紫のゆかり」の原型も「旧族」に由来する遊仙窟に求めることができるのである。[20]

さらに、遊仙窟を利用して作られた二首の仙境の趣きを持つ菅原道真詩が若紫巻と関わりがあると論じた。[21] 一首目は寛平三年(八九一)道真四十七歳の時の作である。

三月三日、同賦「花時天似酔」。応製。幷序。〔三四二〕

三月三日、同じく「花時天酔へるに似たり」といふことを賦す。製に応ず。幷びに序。

三日春酣思曲水　　三日春酣にして曲水を思ふ
彼蒼温克被花催　　彼蒼(かのさう)温克にして花に催さる
煙霞遠近応同戸　　煙霞の遠近同戸なるべし
桃李浅深似勧盃　　桃李の浅深勧盃に似たり
乗酔和音風口緩　　酔に乗ずる和音風の口緩ぶ
銷憂晩景月眉開　　憂ひを銷す晩景月の眉開く
帝堯姑射華顔少　　帝堯姑射にして華(はな)の顔少(かほわか)し

不用紅匂上面来　用ゐず紅匂の面を上り来ることを

序は省略したが、本朝文粋巻十（二九五）に載り、和漢朗詠集（「三月三日」（三九））にも載せる。第三・四句（頷聯）も同じく和漢朗詠集に載る（（四〇））。

「煙霞」「桃李」の風景は、桃源郷の風景であるとともに、遊仙窟の風景でもある。

煙霞子細、泉石分明。実天上之霊奇、乃人間之妙絶、目所不見、耳所不聞。……縁細葛、泝軽舟。身体若飛、精霊似夢、須臾之間、忽至松栢巖、桃華澗。香風触地、光彩遍天。

煙霞子細とこまやかにして、泉石分明とあきらかなり。実に天の上の霊奇とあやしくめづらしき、乃ち人間の妙に絶る、目に見ざるところ、耳に聞かざるところ。……細き葛を縁りて、軽き舟に泝る。身体のすがた飛るがごとく、精霊のたましひ夢に似ぬ。須臾の間に、忽ちに松栢の巖、桃華の澗に至る。香き風地に触りて、光彩のいろへ天に遍し。〔2ウ〕

この「煙霞」が立ち籠め、「桃華」が咲き、「香風」がめぐる風景の中に十娘の「花の容」がある。

花容婀娜、天上無儔。玉体逶迤、人間少疋。

花の容婀娜とたをやかにして、天の上に儔無し。玉の体逶迤とたをやかにして、人の間に疋少なし。〔4ウ〕

道真詩の、霞が立ち籠め、桃李が咲く中での宇多天皇の「華の顔」は遊仙窟からもたらされた。いわば仙女の花の顔が男の仙人の花の顔に写されたのである。若紫巻の霞と山桜の中での光源氏も「花の顔」を持っていたことが、次の北山の聖の歌に見える。

　奥山の松のとぼそをまれにあけてまだ見ぬ花の顔を見るかな　（若紫・二〇三）

遊仙窟を用いた道真詩を、遊仙窟と共に若紫巻で用いていると見られる。

　もう一首は、源能有の五十賀のために作った五首の屏風詩の内の第一首である。四年後の寛平七年（八九五）の春に作られている。

　盧山異花詩〔三八六〕

何処異花触目新　何れの処の異花ぞ目に触るるところ新たなる
盧山独立採松人　盧山に独り立つ採松の人
煙霞不記誰家種　煙霞記(そら)んぜず誰(た)が家が種うるを
水石相逢此地神　水石相逢ふ此の地の神(あや)しきに
吹送馨香風破鼻　馨香を吹き送りて風鼻を破る
養来筋力気関身　筋力を養ひ来(きた)りて気身に関る
一飡算計前程事　一飡算(かぞ)へ計る前程の事
珍重童顔二百春　珍重す童顔二百の春を

この詩の典拠は、法苑珠林が引く述異記にある。(22) そこに「述異記曰、昔有レ人、発ニ廬山一採レ松。聞ニ人語一云、此未レ可レ取。此人尋レ声而上、見ニ一異華一。形甚可レ愛、其香非レ常、知ニ是神異一。因掇而服レ之、寿三百歳」とある。道真詩の持つ「煙霞」「水石」の仙境的な雰囲気は、この記事には見えないので、遊仙窟の「煙霞」「泉石」によることが考えられる。「誰家」という語も遊仙窟に見えた。特に「風破鼻」(風鼻を破る)は、花の特別な香りを詠んだところであるが、特徴のある表現である。遊仙窟には文成と十娘が結ばれる前後に類似の表現があり、これらに基づいたと考えられる。

　口子爵郁、鼻似薫穿。舌子芬芳、頬疑鑚破。
　口子(くちすふ)こと爵郁とかうばしうして、鼻は薫(かを)り穿(うがた)るるに似たり。舌子のしたは芬芳とかうばしうして、頬(つら)は鑚(き)り破るかと疑ふ。(52オ)

　花容満目、香風裂鼻。
　花の容(かほ)目に満ち、香しき風鼻を裂く。(54オ)

「花の容」の美女の顔が目の前にあり、その「香しき風」が鼻を裂くというのである。それを用いて廬山に咲く、まだ摘むには早い強い香りの愛すべき花に応用した。「異花」は、十娘のように描かれたということである。道真は遊仙窟を用いることに積極的であった。

この道真詩も若紫巻の紫草ゆかりの「若草」「初草」に利用されたと思われる。述異記の

「異花」は「掇（つ）」まれるべき花であったし、「若草」「初草」も光源氏によって「摘」まれるべき花であった。それを紫草の「ゆかり」の草としている。

　あながちなるゆかりも尋ねまほしき心もまさりたまふ……

　〔光源氏〕手に摘みていつしかも見む紫の根にかよひける野辺の若草　（若紫・二二〇）

遊仙窟においても、「紅萼」と「紫房」の二つの花を取り上げ、「人今惣摘取、各著一辺箱」（人今（われ）惣ら（しかしながら）摘み取らば、各（おの）おの一辺（かたつかた）の箱に著（お）かむ）〔33ウ〕と、二人の女性を手に入れることを花を摘み取るという喩えを用いて表現している。また、文成が「紫」の花と水に映った「丹（あか）」い花を折り取りたい（あなたを手に入れたい）と、十娘に対して詩を詠んでいる。

　余乃詠花曰、風吹遍樹紫、日照満池丹。若為交暫折、擎就掌中看。

　余（やつかり）乃ち花を詠じて曰く、風吹きて樹（き）の紫遍（あまね）し、日照りて池の丹（に）を満てり。若為（いかんしてか）交（こもごも）暫（しばら）く折り、擎（ささ）げて掌（て）の中（うち）に就け看ん。〔46オ〕

このような遊仙窟と道真詩の多彩な表現が若紫巻に用いられたのである。若紫巻と末摘花巻の対偶性についても、遊仙窟の女性の比喩となっている紫と紅の花と関わりがあろう。

光源氏が山を離れて都に帰った後に、尼君に自らの少女に対する気持ちを表明した歌を送る。

　おもかげは身をも離れず山桜心の限りとめて来しかど　（若紫・二一〇）

この「身」と「心」も遊仙窟の文成が別れる時に詠んだ詩、

縦使身遊万里外、終帰意在十娘辺。

縦使身は万里の外に遊ぶとも終に意を帰して十娘の辺に在ん。〔62ウ〕

との関連が指摘できよう。

私見では、紫式部日記の寛弘五年（一〇〇八）十一月一日。敦成親王の誕生五十日の祝いの日の記事に、

左衛門督、「あなかしこ。このわたりに若紫やさぶらふ」とうかがひたまふ。源氏ににるべき人も見えたまはぬに、かの上はまいていかでものしたまはむと、聞きゐたり。

とあるのは、遊仙窟で、文成が仙窟に紛れ込み、洗濯する女に「このわたりに……」と質問するところに基づく。(23)

見一女子向水側浣衣。余乃問曰、承聞、此処有神仙之窟宅。故来伺候。

一りの女子水の側に向つて衣を浣へるを見る。余乃ち問ひて曰く、承聞る、此処に神仙の窟宅有りと。故に来て伺候とさぶらふ。〔4オ〕

藤原公任は、遊仙窟が若紫巻に使われているので、殊更に遊仙窟の言葉を使って紫式部に言い掛けたのである。

同じことが丸山氏が言及された蜻蛉巻にも言えると思う。薫が浮舟を匂宮に奪われ、仕返しの気持ちで女一の宮に近づくところに、「ゆかり」「このわたりに」の語が使われている。

おりたちてあながちなる御もてなしに、女はさもこそ負けたてまつらめ、わがさもくちをしう、この御ゆかりには、ねたく心憂くのみあるかな、いかで、このわたりにも、めづらしからむ人の、例の心入れて騒ぎたまはむをかたらひ取りて、わが思ひしやうに、やすからずとだにも思はせたてまつらむ、まことに心ばせあらむ人は、わが方にぞ寄るべきや、

（蜻蛉・一六五）

このあとに前述の箏の音色を薫が聞いて遊仙窟の言葉を引く場面があり、続いて、

なほ、この御あたりは、いとことなりけるこそあやしけれ、明石の浦は心にくかりける所かな。

（蜻蛉・一六七）

と、明石の中宮に繋がる人々を特別視する場面となっている。薫から見て「明石」の人々は遊仙窟のような仙界の住人であり、それを「このわたりにも」「この御あたりは」と表現しているのである。薫は仏教に親しみ、煩悩とは無縁なはずであったが、宇治に出入りし、大君と浮舟を失って煩悩に苦しむ存在となった。わざわざ普段とは違って色好みのように行動するが、作者は、その時に遊仙窟を引いたり、それに基づく表現を用いたのである。

四　松浦河の序・夕顔巻と遊仙窟

丸山氏が伊勢物語の初段や若紫巻における遊仙窟の受容を考える時に言及されたのは、万葉集巻五における大伴旅人の「遊於松浦河序」（松浦河に遊ぶといふ序、以下「松浦河の序」と略称する）であった。本節では、この序と夕顔巻との関わりを考えたい。(24)

遊於松浦河序

余以暫往松浦之県逍遙、聊臨玉嶋之潭遊覧、忽値釣魚女子等也。花容無双、光儀無匹。開柳葉於眉中、発桃花於頬上。意気凌雲、風流絶世。僕問曰、誰郷誰家児等、若疑神仙者乎。娘等皆咲曰、児等者、漁夫之舎児、草庵之微者、無郷無家。何足称云。唯性便水、復心楽山。或臨洛浦而徒羨玉魚、乍臥巫峡以空望烟霞。今以邂逅相遇貴客、不勝感応、輙陳欵曲。而今而後豈可非偕老哉。下官対曰、唯々、敬奉芳命。于時日落山西、驪馬将去。遂申懐抱、因贈詠歌曰、

松浦河に遊ぶといふ序

余(われ)以つて暫(しば)らく松浦の県(あがた)に往きて逍遙し、聊(いささ)か玉嶋の潭(ふち)に臨みて遊覧するに、忽ち魚を釣る女子等(をとめら)に値(あ)ふ。花の容(かほ)双び無く、光の儀(すがた)匹(たぐ)ひ無し。柳葉を眉の中に開き、桃

花を頬の上に発く。意気雲を淩ぎ、風流世に絶る。僕問ひて曰く、誰が郷誰が家の児等ぞ、若しや神仙の者かと疑ふ。娘等皆咲ひて曰く、児等は、漁夫の舎の児、草庵の微しき者にして、郷も無く家も無し。何ぞ称云ふに足らむ。唯だ性水に便ひ、復た心山を楽しむ。或いは洛浦に臨みて徒らに玉魚を羨み、乍いは巫峡に臥して以つて空しく烟霞を望む。今邂逅に貴客に相遇ふを以つて、感応するに勝へず、輙ち欸曲を陳ぶ。今より後豈偕老に非ざるべけむやと。下官対へて曰く、唯々、敬みて芳命を奉らむと。時に日山西に落ち、驪馬将に去らむとす。遂に懐抱を申べ、因りて詠歌を贈りて曰く、

あさりする海人の児どもと人はいへど見るに知らえぬうま人の子と（蓬客）（八五三）

答ふる詩に曰はく、

玉島のこの川上に家はあれど君をやさしみ顕はさずありき（仙女）（八五四）

（後略）

この序は、遊仙窟に基づくところが多いことが、昭和初年以降に詳細に論ぜられている。(25) 先行論文を参考にして主な受容箇所を左に列挙してみる。「**松**」とあるのは「松浦河の序」、「**遊**」とあるのは遊仙窟である。

(1)男性の一人称、「余」、「僕」、「下官」

(2)女性の二人称、「児等」。一人称「児等」

(3)**松**「逍遙」／**遊**「逍遙鵬鷃之間」〔19オ〕

(4)**松**「忽値釣魚女子等也」／**遊**「忽遇神仙」〔10ウ〕、「忽逢両箇神仙」〔42ウ〕

(5)**松**「花容無双、光儀無匹」／**遊**「花容婀娜、天上無儔。玉体逶迤、人間少疋」〔4ウ〕、「十娘天上無双、人間有一」〔9オ〕、「花容満目」〔54オ〕、「若得見其光儀、豈敢論其万一」〔11ウ〕

(6)**松**「開柳葉於眉中、発桃花於頬上」／**遊**「翠柳開眉色、紅桃乱瞼新」〔56オ〕、「眉間月出疑争夜、頬上花開似闘春」〔22ウ〕、「眉上冬天出柳、頬中旱地生蓮」〔42ウ〕、「面上非春翻生柳葉」〔43ウ〕、「桃花落眼前」〔47オ〕

(7)**松**「風流絶世」／**遊**「歴訪風流」〔6ウ〕、「風流本性饒」〔50ウ〕、「自隠風流到」〔52ウ〕

(8)**松**「僕問曰、誰郷誰家児等、若疑神仙者乎。娘等皆咲曰、児等者、漁夫之舎児、草庵之微者、無郷無家」／**遊**「余問曰、此誰家舎也。女子答曰、此是崔女郎之舎耳」〔4オ〕、「僕問曰」〔51オ〕、「此是神仙窟也」〔2ウ〕、「此処有神仙窟宅」〔3ウ〕、「忽神仙不勝迷乱」〔10ウ〕、「対面恰是神仙、此是神仙窟也」〔16ウ〕、「草亭」〔4オ〕、「児家堂舎賤陋」〔3ウ〕

(9)**松**「或臨洛浦……乍巫峡臥」／**遊**「洛浦愧其廻雪」〔41ウ〕、「洛川廻雪、亦堪使畳衣裳、巫峡仙雲、未敢為擎靴履」〔9ウ〕

(10)**松**「烟霞」／**遊**「煙（烟）霞」〔2ウ〕

(11) **松**「邂逅相遇」／**遊**「邂逅相遇」〔36ウ〕
(12) **松**「不勝感応」／**遊**「不勝迷乱」〔11オ〕
(13) **松**「下官対曰、……敬奉芳命」／**遊**「下官答曰、既奉恩命」〔36ウ〕
(14) **松**「于時日落山西、驪馬将去」／**遊**「日晩途遙、馬疲人乏」〔2ウ〕、「於時日落西淵、月臨東渚」〔49ウ〕
(15) **松**「遂申懐抱因贈詠歌曰」／**遊**「遂申懐抱因贈書曰」〔6ウ〕

右の(8)の「松浦河の序」では、男が女達に素姓を問うと、女達が「漁夫の舎(いへ)の児」と答えている。夕顔巻にも同様に、光源氏が夕顔の名を問うと、夕顔が「白波の寄するなぎさに世をすぐす海人の子なれば宿も定めず」（和漢朗詠集・遊女〈七二二〉）を踏まえて、漁師の娘であると答える場面がある。

「尽きせず隔てたまへるつらさに、あらはさじと思ひつるものを。今だに名のりしたまへ。いとむくつけし」とのたまへど、「海人(あま)の子なれば」とて、さすがにうちとけぬさま、いとあいだれたり。（夕顔・一四七）

この共通性に着目して、辻和良・岡田ひろみ・西丸妙子三氏は、夕顔巻には「松浦河の序」を踏まえているところがあると指摘されている。[26] また辻・西丸両氏は、「松浦河の序」とともにその背景にある遊仙窟の受容にも言及されている。

拙稿においては、「夕顔」という語の背景に漢語「花顔」という語を見るべきと論じて来たが、遊仙窟の「花容」がその根底にあるはずである。そうしてみると、男性が垣間見て花（の顔）を見るという夕顔巻の冒頭部分が遊仙窟と同じであることに気づくのである。

すこしさしのぞきたまへれば、門は蔀のやうなる、押しあげたる、見入れのほどもなく、ものはかなき住ひを、あはれに何処かさして、と、思ほしなせば、玉の台も同じことなり。きりかけだつ物に、いと青やかなるかづらの、ここちよげに這ひかかれるに、白き花ぞ、おのれひとり笑の眉ひらけたる。「遠方人にもの申す」と、ひとりごちたまふを、御随身ついゐて、「かの白く咲けるをなむ、夕顔と申しはべる。花の名は人めきて、かうあやしき垣根になむ、咲きはべりける」と申す。（夕顔・一二二）

〔女の扇の歌〕
心あてにそれかとぞ見る白露のひかりそへたる夕顔の花　（夕顔・一二五）

〔光源氏の返歌〕
寄りてこそそれかとも見め誰そ彼れにほのぼの見つる花の夕顔　（夕顔・一二六）

改めて、遊仙窟の大筋をたどると、花の咲く仙境に迷い込み、花の顔を持つ美女を垣間見、心を動かして言い寄り、そして結ばれるということになっている。垣間見の場面は、

余読詩訖、挙頭門中、忽見十娘半面。余即詠曰、斂咲偸残靨。含羞露半脣

余詩を読み訖りて、頭を門の中に挙べて、忽ちに十娘が半面とはたかくれたるを見る。余即ち詠じて曰く、斂咲としたゑめるものから残んの靨を偸せり。含羞とはぢら

へるものから半ばの脣（くちびる）を露（あらは）す。〔6オ〕

とある。「挙頭門中」の「挙」には、左訓に「ノゾク」の訓があり、門の中を「さしのぞく」という夕顔巻の描写に一致する。醍醐寺本にもこの訓はあるし、若紫巻の垣間見の場面においても夕暮れの霞に紛れて、「惟光の朝臣とのぞきたまへば」（若紫・一八九）とあるのは、この「挙」の訓と一致するのである。

「松浦河の序」の美女に対する描写、「花容無レ双、光儀無レ匹。開ニ柳葉於眉中一、発ニ桃花於頬上一」も遊仙窟に基づくものであるが、「白き花ぞ、おのれひとり笑（ゑみ）の眉ひらけたる」と極めて似ている。やはり夕顔巻は、遊仙窟と「松浦河の序」に基づくところがあるのである。

また、右の⑾では、遊仙窟で用いられた「邂逅相遇」が「松浦河の序」においても用いられたことを示している。遊仙窟の注では毛詩を挙げるが、これは毛詩鄭風の「野有蔓草（やいうまんそう）」中の語を引いている。本文を左に掲げる。

〔一〕

野有蔓草、零露漙兮　　野に蔓草有り、零露漙（たん）たり

有美一人、清揚婉兮　　美なる一人有り、清揚婉たり

邂逅相遇　適我願兮　　邂逅（たまさか）に相遇ふ、我が願ひに適ふ

〔二〕

野有蔓草、零露瀼瀼　　野に蔓草有り、零露瀼瀼たり
有美一人、婉如清揚　　美なる一人有り、婉如たる清揚
邂逅相遇　与子偕臧　　邂逅に相遇ふ、子と偕（とも）に臧（よ）からむ

小序には、「野有蔓草、思レ遇レ時也。君子之沢不二下流一、民窮二於兵革一。男女失レ時、思二不レ期而会一焉」とあって、戦乱で民衆が兵隊に取られて男女が出会いの機会を失い、期することなく逢うのを思う、の意であるとする。露の置く蔓草を背景として男女が偶然逢うのであるが、それを「邂逅相遇」（邂逅（たまさか）に相遇ふ）と言う。遊仙窟や「松浦河の序」では、役人である男性が仙女（のような女性）とたまたま出逢う、という意味で使っている。夕顔巻では、蔓草である夕顔（の花）を中において男女が出逢うように描かれているが、この「邂逅相遇」に触発されて、そのような状景を設定したと考えるのである。

　蔓草に咲く花と男性が出逢うという場面については、やはり道真詩に先蹤があるので、それをも参考にしたのではないか。蔓性の枝に咲く花は薔薇の花である。(27)

　　感殿前薔薇、一絶。東宮」（四一八）
　　　殿前の薔薇（しやうび）に感ず、一絶。東宮
相遇因縁得立身　　因り縁るところに相遇ひて身を立つることを得たり
花開不競百花春　　花開きて百花の春に競はず

薔薇汝是応妖鬼　　薔薇は汝是れ妖鬼なるべし
適有看来悩殺人　　適（たまたま）看来（みきた）るもの有れば人を悩殺す

寛平七年（八九五）初夏の頃の作で、東宮は十一歳の敦仁親王（後の醍醐天皇）である。その御殿の前に薔薇が植わっており、その花の魅力を描いた詩である。「因縁」とあるのは、蔓草故である。たまたま薔薇のための棚が設けられており、そこで身を立てることができた。その魅力ある花を「妖鬼」と呼んでいる。

これは初夏の詩であるが、その春に詠んだ前引の源能有五十の賀屏風詩五首の内、第三首に同じ「因縁」の語が見える。

劉阮遇渓辺二女。〔三八八〕
劉阮渓辺の二女に遇ふ。

幽明録曰、漢永和五年、剡県劉晨阮肇、共入二天台山一、迷不レ得レ反。経二十三日一、粮尽云々。遙望二山上一有二一桃樹一、大有二子実一云々。攀二縁藤葛一、乃得レ至、各噉二数枚一而飢止云々。一大渓辺、有二二女子一云々。令下各就二一帳一宿上、女往就レ之。言声清婉、令レ人忘レ憂。「女云、君已来、是宿福所レ牽」[28]。遂停半年、気候草木、是春時、百鳥鳴啼。更懐二悲思一求二帰去一云々。女子三四十人集会、奏声共送二劉阮一、指二示還路一。既出、親旧零落、邑屋改異。無二復相識一。問得二七世孫一云々。

天台山道道何煩　　天台の山道道何ぞ煩はしき
藤葛因縁得自存　　藤葛に因り縁りて自ら存すること得たり
青水渓辺唯素意　　青水の渓辺唯だ素意たり
綺羅帳裏幾黄昏　　綺羅の帳裏幾たびか黄昏たり
半年長聴三春鳥　　半年長く聴く三春の鳥
帰路独逢七世孫　　帰路独り逢ふ七世の孫
不放神仙離骨録　　放(ゆる)さず神仙は骨録を離るるを
前途脱屣旧家門　　前途脱屣す旧家門

劉晨と阮肇の二人が天台山で道に迷った後に二人の仙女と出逢って夫婦になった、半年過ごして帰ると、故郷は様変りしており、ようやく七世の孫を得た、という話である。題脚に引用するように六朝志怪の一つである「幽明録」に基づく。[29] 山の仙界で二人の美女に出逢うというところは後代初唐期の遊仙窟に受け継がれたのであろう。

第二句にある「藤葛因縁」の語は、「幽明録」の「攀縁藤葛」（藤葛を攀ぢ縁る）によっている。遊仙窟に見える、仙窟に到る途中の「縁細葛」（細き葛(かづら)を縁(たぐ)りて）のところも「幽明録」によっていると思われる。ただし、「幽明録」では、「是宿福所牽」（是れ宿福の牽くところ）とあって、仙女は以前からの「宿福」があって逢えたと言っている。従って道真詩の場合は、仙女と「因縁」があって出逢ったという意も含めている。薔薇詩は、その直後に作っているから、道真は「藤葛」の「因縁」を、同じ蔓草の薔薇に応用したと思われる。

妖しい魅力を湛えた薔薇は、「因縁」があってそこに咲いており、見るものをその魅力故に悩ませた。夕顔巻の次の場面で夕顔の花について「たより」（手縁）、「えに」（枝に・縁）と言っているのは、この二首の道真詩の「因縁」の発想を受けたものと考える。劉阮天台詩の方では、「山道」「道」とあって「道」（玉鉾）が強調されている。

顔はなほ隠し給へれど、女のいとつらしと思へれば、げにかばかりにて隔てあらむも、ことのさまに違ひたりと、おぼして、

夕露に紐とく花は玉鉾のたよりに見えしえにこそありけれ

露の光やいかに」とのたまへば、後目に見おこせて、

光ありと見し夕顔のうは露は誰そ彼れどきのそら目なりけり

と、ほのかに言ふ。をかしとおぼしなす。げにうちとけたまへるさま、世になく、所から、まいてゆゆしきまで見えたまふ。　（夕顔・一四六）

夕顔巻の冒頭では、印象的な蔓性の枝に咲いた白い花と光源氏の出逢いの場面となっているが、以上のような遊仙窟・「松浦河の序」と道真詩の背景があった。

夕顔巻と若紫巻は連続しているにも拘わらず、先立つ夕顔巻が帚木三帖の一部分ということが強調されがちであるために、切り離して読まれたり考察されたりするのが普通である。しかし、思いがけぬところでの男女の出逢いが、夕暮れの花のもとの垣間見を通じてなされるという点では共通している。男女とも花に見立てられることも共通していよう。

寄りてこそそれかとも見め誰そ彼れにほのぼの見つる花の夕顔（夕顔・一二六）

夕まぐれほのかに花の色を見てけさは霞の立ちぞわづらふ（若紫・二〇四）

という光源氏が二人の女を詠んだ歌が似ているのも偶然ではない。この二つの巻は遊仙窟から派生した二つの出逢いを描いている。

物語は、平凡な結婚とは違う、思いがけない男女の出逢いを描くのが常態である。光源氏についても葵の上との結婚生活があるにしても、住まいのさまから下の品の女と思える夕顔との、北山の寺での少女若紫との垣間見を通じての二つの出逢いがあった。これらの「邂逅相遇」の物語を描く時に遊仙窟は決定的な役割を果たしたのである。

注

（1）このうち、「任氏伝」「鶯鶯伝」は渡来の明証はないが、伊勢物語や源氏物語等への影響が顕著であり、渡来したと考えられる。

（2）拙著『源氏物語と白居易の文学』（和泉書院・平成十五年）第一部「源氏物語と白居易の「長恨歌」「李夫人」」、第二部「源氏物語と任氏の物語」参照。

（3）白居易詩の番号は花房英樹氏『白氏文集の批判的研究』所収の「綜合作品表」による。なお、本稿の作品番号は次の書による。菅家文草は日本古典文学大系、田氏家集は『田氏家集注』、本朝文粋は新日本古典文学大系、『新編国歌大観』所収のものは同書（万葉集は旧国歌大観）、千載佳句は金子彦二郎氏『増補平安時代文学と白氏文集―千載佳句・句題和歌研究篇―』。

（4）以下、「鶯鶯伝」については、拙稿「源氏物語花宴巻と「鶯鶯伝」―朧月の系譜―」（『白居易研究年報』九号・平成二十年十月）、「源氏物語と唐代伝奇―基層としての遊仙窟―」（『和漢比較文学』四十四号・平成二十二年二月）参照。

（5）注3花房著書「綜合作品表」による。

（6）源氏物語の引用は新潮日本古典集成により、巻名・頁数を記す。一部表記を改めたところがある。

（7）千里集（句題和歌）（七二）。なお、千里は同詩の第二句「非ㇾ暖非ㇾ寒漫漫風」を「あつからず寒くもあらずよきほどに吹きくる風はやまずもあらなむ」（千里集（七六））と翻案している。この二句からなる一聯は、千載佳句（春夜（八三））所載。

（8）「春中与ㇾ盧四周諒ㇾ華陽観同居」（〇六三三）の頷聯の句。頷聯「背燭共憐深夜月、踏花同惜少年春」（燭（ともしび）を背（そむ）けては共に憐む深夜の月、花を踏んでは同じく惜しむ少年の春）は、千載佳句（春夜（八二））及び和漢朗詠集（春夜（二七））所載。拙稿「元白・劉白の文学と源氏物語―交友と恋の表現について―」（『源氏物語と白居易の文学』）参照。

（9） 陳寅恪氏「読鶯鶯伝」（『元氏長慶集　元白詩箋証稿』世界書局・一九六三年〈昭和三十八年〉）は、「鶯鶯伝」の女主人公名「崔」と男主人公「張」が「遊仙窟」と一致することをもって「鶯鶯伝」が「遊仙窟」によったところがあるとする。

（10） 『古楽古歌謡集』（陽明叢書8・思文閣・昭和五十三年）によった。

（11） 「遊仙窟」の引用は、蔵中進氏『江戸初期無刊記本　遊仙窟　本文と索引』（和泉書院・昭和五十四年）により、その丁数を記した。本文・訓読も主にその刊本によって構成した。

（12） 丸山キヨ子氏「源氏物語・伊勢物語・遊仙窟―わかむらさき北山・はし姫宇治の山荘・うひかうぶりの段と遊仙窟との関係―」（『源氏物語と白氏文集』（東京女子大学学会・昭和三十九年）で指摘する。

（13） 以下の鶏が鳴く場面については、拙稿「宮廷文学としての漢詩―平安朝における遊仙窟の受容を中心に」（『王朝文学と東アジアの宮廷文学』平安文学と隣接諸学5・竹林舎・平成二十年）、「伊勢物語における遊仙窟受容について―第五十三段・第五十四段を中心に―」（『伊勢物語　虚構の成立』竹林舎・平成二十年）参照。

（14） ここの「長恨歌」の引用は金沢文庫本による。なお、菅家文草に「髻」とあるところは、和漢朗詠集では「鬟」に作る。その方が「長恨歌」の「雲鬟」に近い。

（15） 新潮日本古典集成の「かほけざやかに」の本文は青表紙本系の明融本であり、『源氏物語大成』（校異篇）によれば、河内本系も同じである。他の青表紙本では、ほとんどが「かけさやかに」とあり、「ほ」字を欠く。ここは「遊仙窟」に基づくところと考えられるので、

「かほ」とあった方が良い。
(16) 注12丸山論文。
(17) 渡辺秀夫氏「伊勢物語と漢詩文」(『一冊の講座　伊勢物語』有精堂出版・昭和五十八年、『平安朝文学と漢文世界』所収・勉誠社・平成三年)。
(18) 田中隆昭氏「北山と南岳―源氏物語若紫巻の仙境的世界―」(『国語と国文学』平成八年十月、『源氏物語　引用の研究』勉誠出版・平成十年、『源氏物語・紫式部研究の軌跡　資料篇』角川学芸出版・平成二十年。同「研究篇」の中で新間が論評)。
(19) 拙稿「源氏物語若紫巻と遊仙窟」(『源氏物語の展望　第五輯』三弥井書店・平成二十一年)。
(20) 源氏物語の「紫」については、拙稿「源氏物語の「紫」と漢詩文」(『源氏物語の展望　第十輯』三弥井書店・平成二十三年)参照。
(21) 拙稿「源氏物語の「花の顔」と遊仙窟―漢詩文表現との関わりから―」(『源氏物語の言語表現　研究と資料―古代文学論叢第十八輯―』武蔵野書院・平成二十一年)。
(22) 菅家文草では、なぜかこの詩のみ出典注記を欠く。拙稿「源氏物語と廬山―若紫巻北山の段出典考―」(『甲南大学紀要』文学編五二・昭和五十九年三月、『源氏物語と白居易の文学』所収)で法苑珠林巻三十六所収の述異記逸文に典拠があることを指摘した。
(23) 注19の拙稿参照。
(24) 拙稿「源氏物語夕顔巻と遊仙窟―「邂逅相遇」の物語―」(『源氏物語と東アジア』新典社・平成二十二年)参照。

(25) 土田杏村氏『上代の歌謡』(国文学の哲学的研究第三巻・第一書房・昭和四年)、佐藤新作氏「万葉集遊於松浦河序と遊仙窟」(『月刊日本文学』三巻四号・昭和七年九月)、水野平次氏「古佚小説遊仙窟に就て」(『立命館文学』一巻十二号・昭和九年十二月、近藤春雄氏「遊仙窟と万葉集巻五遊於松浦河序」(『学苑』三巻七号・昭和十一年七月)、小島憲之氏「上代作品の一解釈」(『国語・国文』十七巻五号・昭和二十三年八月)、同氏「松浦河の魚」(『国語国文』二十六巻八号・昭和三十二年八月)など。

(26) 辻和良氏「夕顔巻の〈読み〉—本文(テクスト)の〈深層〉からの視点—」(『名古屋大学国語国文学』五十九号・昭和六十一年十二月)、岡田ひろみ氏「『源氏物語』夕顔巻「海人の子なれば」考」(『古代文学研究』二次九号・平成十二年十月)、西丸妙子氏「『源氏物語』の夕顔と松浦地方」(『語文研究』百四号・平成十九年十二月)。

(27) 注24の拙稿参照。

(28) 鍵括弧内については、太平御覧巻四十一所載の同話によって補入した。

(29) 「続斉諧記」にも見える。なお、蒙求の標題に「劉阮天台」がある。

明石の君の物語と『鶯鶯伝』

日向一雅

はじめに

本稿では明石の君の人物造形について、中世近世の批評から戦後の研究史までを概略ながら振り返り、どのような批評や議論がなされてきたのかをまず整理してみる。そのうえで明石の君の物語について、特に「明石」巻の明石の君と光源氏との結婚と別れの物語について、唐代伝奇『鶯鶯伝』の張生と崔氏の娘、鶯鶯との出会いと別れの物語と比較し、明石の君に鶯鶯の面影が透けて見える点を明らかにしたい。明石の君の人物像は鶯鶯を基底に置いて造型されたのではないかと考える。そのような点を明らかにしたいと思う。

一　中世近世の明石の君批評

はじめに明石の君について中世近世にはどのような捉え方がされていたのか見てみよう。『無名草子』は鎌倉初期の成立で、物語評論の最初の作品である。源氏物語については巻々の論、女性論、男性論、場面論と分けて印象批評的に論じられるが、明石の君については「めでたき女は誰々か侍る」というところに、桐壺更衣、藤壺、葵上、紫上とともに、「明石も心にくくいみじ」と挙げられる。[1]鎌倉後期の成立とされる『源氏四十八ものたとへの事』は、「男」「女」「みめかたち」「心ばせ」「果報」など、四十八の項目を挙げて、それぞれの項目に最適の人物や事項を例示するもので、当時の源氏物語鑑賞の入門書として好個の手引きであったと評される。[2]たとえば「男」では光源氏と薫、「女」では紫上を挙げるが、その中で明石の君は「果報」「たのもしきこと」「うらやましき事」の三項目に、名を挙げられた。

「果報」に挙げられたことは、明石の君は源氏物語のなかで「果報」の代表者だということである。「たのもしきこと」というのは、明石の君が姫君に「けふ鶯の初音聞かせよ」と歌を贈った「初音」巻の六条院の正月場面である。同じ六条院のうちに暮らしながら、普段は姫君に会うことのできない明石の君にとって、正月に姫君の「初音」を聞くことは何にもまさる喜びであったであろう。姫君は「ひきわかれ年は経れども鶯の巣立ちし松の根を忘れめや」（新編日本古典文学全集本③一四六頁。以下『源氏物語』の引用は同書による）と返歌する。生みの母を忘れることはないという姫君の返歌に、明石の君は安堵したことであろう。彼女はそうした返歌を通して姫君の成長を思い、その幸せと繁栄を願うのである。光源氏と紫上のもとで育てられる明石姫君の将来に不安はない。「たのもしきこと」の例とするのに確かにふさわしいと言える。

「うらやましき事」には、明石姫君の入内に当たって、明石の君が紫上に代わって宮中で姫君の後見をすることになった「藤裏葉」巻の場面を挙げる。明石の君の境遇を知る者は誰もが彼女の強運を思って、「うらやましく」思ったとしても不思議はない。そのような明石の君はまさしく「果報」に恵まれた人であったと言える。『源氏四十八ものたとへの事』が明石の君を「果報」「たのもしきこと」「うらやましき事」という項目に挙げたことは、本書の明石の君の捉え方を示すものである。

『源氏解』(3)も『源氏四十八ものたとへの事』とまったく同様の享受資料である。「男」「女」「尼」「法師」以下「心ゆく事」「心苦しき事」「うらめしき事」まで四十八項目を立てて、それに最適の人物や事項を例示する。四十八項目のうち二十九項目は両者共通するが、『源氏解』では「心」「優なる事」「めでたき事」の三つの項目に明石の君が挙げられる。「優なる事」は

「正月に、源氏御方々見給ふ中に、明石の上の御住居」というのであって、「初音」巻の年賀に六条院の夫人たちを訪ねた源氏が明石の君の暮らしぶりの優雅さに惹かれて、正月早々明石の君のもとに泊まり、翌日紫上への弁明に追われる仕儀になる場面を挙げたのである。原文では明石の君の住居の様子は、「近き渡殿の戸押し開くるより、御簾の内の追風なまめかしく吹き匂はかして、物よりことに気高く思さる」(③一四九頁)とあり、源氏はこの時の明石の君を「なほ人よりはことなりと思す」(同上、一五〇頁)と、称賛していた。おそらく明石の君はこの時源氏の訪問を予期して、源氏の気に入る演出を完璧にやってのけたのである。

「めでたき事」というのは、「明石の上願果たしに、住吉へ源氏引具してまいり給ふ」というところで、これは「若菜下」巻の話である。東宮が即位し明石女御の第一皇子が立坊するという慶事のなか、明石入道からの手紙によって、これらの慶事が入道の住吉神への長年の祈願によっていたことが明らかにされる。光源氏は明石の君や尼君、明石女御、紫上などを伴ってお礼まいりをした。

「心」については何の説明もないので、明石の君のどのような心が評価されるのか判断しがたいが、ここでは「心」「優なる事」の二つについては、ともに明石の君の内面、心を評価している点に注意したい。『源氏四十八ものたとへの事』ではもっぱら「果報」「たのもしきこと」「うらやましき事」という明石の君の幸運に注目したのに対して、その内面に注目したのである。

近世の国学者、安藤為章（一六五九〜一七一六）は『紫家七論』「其一才徳兼備」において、紫式部の才徳を論じるに当たって紫上、明石の君、花散里、藤壺、朝顔、玉鬘、宇治大君の「婦徳」を説く。「明石の上の心高きものからへりくだり」[4]と述べて、「心高き」と「へりくだり」が明石の君の婦徳であるとした。中世から近世まで、明石の君は果報者で優雅な振る舞いを身に付けた、婦徳を備えた女性であるというふうに理解されてきたのだと言えよう。これは今日から見ても穏当な見方であると言えよう。

二　明石の君の人物像について——昭和の研究史

源氏物語の登場人物についての評論は戦後、特に昭和三〇年代に人物論、人物造型論として華やかに流行したが、昭和四〇年代に入って秋山虔氏の人物論の方法論に対する自己批判的な発言があり[5]、それ以後従前の人物論は一気に退潮した。今読み返しても、秋山氏の指摘は人物について論じる時の指針たりえていると思う。少し長いが引用する。

顧みると、私などの初期の作中人物論は、個々の人物に照明をあて、その人物がいかに描かれているか、関係記事を抽き出し組みあわせて時代・社会のはらむ問題が、いかに生きた人間像としてその中にはらみこまれているか、そこにどういう人間像としての実在感があるか、そしてそのような人間像には、作者のかかえている問題が、何ほど封じこめられているかというような視点から追求されていたといえよう。しかしこれは、そのような問題がどういう方法で作中人物に荷わせられるかという、物語の世界の論理を無視するというおそれがなきにしもあらずであったということができる。

作者の実際の創作過程は、頭初の筋立てと格闘し、あるいはこれを修正し克服することによって作品を客観化して行くという仕組みを示しているように思う。そうした創作の経過において、その世界の内部に自立する論理を強化してゆく、そこに源氏物語の独自性の一面を見ることができるのであるが、いま人物造型の面にかぎっていえば、ある人物が作者によって予定調和的に操られることを止め、かえってその人物が、ひき出される場面・局面とたがいに作用しあって、その人物らしいいのちをもちはじめることはないか。じつは源氏物語が今日の私どもの中に新鮮な感動を喚起することになるのは、その点にあるのであろう。

昭和三〇年代の人物論が「時代・社会のはらむ問題」、「作者のかかえている問題」を人物を通して照らし出す方向で論じられたことは間違いない。秋山氏はそうした方法の限界を「物語の世界の論理を無視する」恐れがあるとしたのである。そうではなくて、「その人物が、ひき出される場面・局面とたがいに作用しあって、その人物らしいいのちをもちはじめる」ところを明らかにすることが大事だと論じた。これは言い換えれば、人物論は物語の自律する論理と切り離してはならないということであろう。その後の源氏物語研究は確かにそうした方向に、表現論や文体論、テクスト論として新しい地平を開いていった。ただ問題がなかったわけではない。ここで言われた「場面・局面」の問題は場面論、局面論として極限されたかたちで論じられるようになり、人物論や作品論としての総合的大局的な観点を欠いた展開を見るに至る。

それはさておき、人物論はそれじたい無効であるわけではない。秋山虔氏は、その人物が「その人物らしいいのちをもちはじめる」ところを、物語の論理として明らかにすることを人物論には求めていた。人物造型にはその人物の核になるもの、その人物がその人物であるための何かがなくてはならないはずである。源氏物語の人物はそういう核になる何かを皆付与されていると言ってよい。それは個性というべきか、運命というべきかも定かでない何かであるが、そうした固有の何かを付与されて、登場人物は自分の人生を生きる。明石の君もそうした一人であるが、彼女の人物像や人生はどのように捉えたらよいのか。

明石の君の人物論として、その後の人物論の流行の口火を切った今井源衛氏の論を見てみよう。今井氏の明石の君論は人物論の手本になったような論文であるが、次のように結論づけた。「卑下と忍従という意識的な自己否定の努力と、周囲に対して不断に警戒を怠らぬ知的な自己防衛の態勢という明石の上の個性」は、「彼女の社会的位相が外部から彼女に強いたものであるとともに、内側においても、彼女は其等に抵抗する人間本能を、知的に制御克服し得た結果である。[6]」明石の君における「卑下と忍従」、「知的な個性」というものは、彼女の人物像を特色づけるものとして承認されるところであろう。

このような論に対して、まったく異なった観点からの明石の君論として、たとえば高橋文二氏は、明石の君は父明石入道の住吉神への信仰に奉祀する「斎王的立場」というものに注目した。「彼女の待ち続ける姿勢も、隠忍自重の態度も、単に「身のほど」を意識し、そのことを行為、態度で示したということの表れというのではなく、光源氏という外来神を待ち、姫君という神の子を儲けるための、斎戒的な姿勢であったためなのではないかとも思える」と論じた。[7]

高橋氏の言う、明石の君の「待ち続ける姿勢」「隠忍自重の態度」は、人物論的に言えば、今井氏のいう「卑下と忍従」「知的な個性」と大差はない。しかし、それを今井氏が「身のほど」という社会的位相が外部から彼女に強いたものだと捉えたのに対して、高橋氏は「斎王的立場」がもたらした「斎戒的な姿勢」であると捉えた点は大きく異なる。高橋氏は明石の君の態度や生き方に、明石入道の住吉信仰との関わりから彼女の「斎王的立場」を想定して、それが明石の君の生き方を規制したと捉えた。これは神話論的観点を媒介した構造的な理解であり、人物論が単なる人物批評的な水準を超えたことを示している。

明石の君は人物論の枠には収まらない、大きく複雑な構造の物語であったのである。彼女の人生は何よりも父明石入道の「夢」の実現のためにあったと言えるような人生であり、明石入道の「夢」の物語を支える支柱であった。父明石入道とともに幼少にして明石に下り、明石で光源氏と結婚するが一年足らずで別れる。源氏と別れて八カ月後に姫君を出産し、姫君三歳の時に上京するが、姫君は紫上の養女とするために手放す。姫君が東宮女御として入内すると、あたかも女房のようにその世話に奉仕する。光源氏の妻としては生涯を伴にしながらも、他の妻妾たちとは明らかに異なる位相にあり、物語のさまざまな局面において、明石の君は複雑な相貌を示していた。

そうした明石の君の物語の構造については、周知の通り阿部秋生氏の詳細な分析がある。そこで指摘されたことは、明石の君の物語は光源氏の予言や入道の夢の告げに典型的に示されたような「古代伝承物語の型」に則るものであり、「美男と美女との恋物語」という古風な物語でありつつ、「実話的性格」をもった物語になっているというのであった。明石の君の物語は「作者の時代の社会の現実的な事象をしっかり踏まへた複雑な心情や意欲や情緒や思考を伴つ

た言動が平安京の現実的なしかも豊かな色彩を帯びて動いてゐるもの」になっているというのであった。(8)

先に引用したところだが、秋山虔氏は源氏物語においては、「ある人物が作者によって予定調和的に操られることを止め、かえってその人物が、ひき出される場面・局面とたがいに作用しあって、その人物らしいいのちをもちはじめる」と言われた。まさしくそうした自律的な人物として、明石の君は固有の位相を物語世界に占めるのである。阿部秋生氏の論はその点を実証的に分析して見せてくれたのであった。

三 『鶯鶯伝』の受容について

そのような複雑な構造の明石の君の物語にくらべると、『鶯鶯伝』は比較にならない単純な構造である。『鶯鶯伝』には予言や夢の告げはないし、鶯鶯が娘を生むこともなく、鶯鶯と張生とは生涯連れ添った夫婦でもなく、ほぼ一年程度の二人の出会いから別れまでの短編の恋物語である。明石の君の物語が光源氏の生涯を語る長編物語の重要な一翼を担うのに対して、『鶯鶯伝』は短編物語として完結している。とはいえ、これも阿部秋生氏の言葉を借りていえば、『鶯鶯伝』は「実話的性格」をもった「美男と美女との恋物語」であると言える。この作品は作者元稹の「自叙」であると言われるが、[9]そうした実話的性格の中に唐代の名門の女性の恋と結婚の問題が女の人生の重大問題として色濃く反映している。明石の君に鶯鶯の面影が重なって見えるというのも、そのような恋物語として人物像に類似する点が見られるように思うのである。

しかし、源氏物語の長い注釈史の中でも『鶯鶯伝』が指摘されたことはない。源氏物語には『鶯鶯伝』の痕跡はないのだろうか。作者は『鶯鶯伝』を読むことはなかったのだろうか。『鶯鶯伝』の受容については近年『落窪物語』への影響が指摘されたが、[10]早くから論じられたのは『伊勢物語』六十九段「狩の使」段への影響であり、[11]これは定説と言ってよいだろう。源氏物語以前の作品に『鶯鶯伝』は影響を及ぼしていたことは間違いないと思われる。それらを踏まえて、新間一美氏は『鶯鶯伝』が源氏物語「花宴」巻の光源氏と朧月夜の逢瀬の場面に利用されていると論じ、「夕顔」巻の光源氏と夕顔との出逢いや、光源氏の人生と元稹の人生との関わりを論じる中でも、『鶯鶯伝』の影響が見られるとした。[12]

また「帚木」巻冒頭の一段、「光源氏、名のみことごとしう」以下、「さるまじき御ふるまひもうちまじりける」については、今井源衛氏が『鶯鶯伝』の冒頭と比較して、「その発想から用語までも対応する観があり、物語はその翻案に基づいて出発したと思われる」と論じた。[13]『鶯鶯伝』の冒頭で、主人公の張生は「性温茂にして、風容美はしく、内秉堅孤にして、非禮入るべからず」――性質は穏やかで、美貌であり、芯は堅固で浮いたことには見向きもしないと紹介された。女性に関心を示さないことを、友人から冷やかされた時には、張生は自分は「真に色を好む者」であり、今まで心にかなう女性に出会わなかっただけのことで、本当にすばらしい美人に出会えば心を奪われないはずはないと言い、醜い妻との間に何人もの子どもを儲けて「好色者」として有名な登徒子は「好色者」ではなく、単なる「兇行」にすぎないと言う。

「帚木」巻の冒頭の光源氏もありふれた浮気には関心がなく、交野少将からは笑われるであろうが、時に道に外れた恋に夢中になる「癖」があったと紹介された。そういう「帚木」巻冒頭は『鶯鶯伝』をひねって、張生は光源氏に、登徒子は交野少将に置き換えられたというのが今井源衛氏の論であった。新間氏の論と併せて『鶯鶯伝』が源氏物語に取り込まれていることを認めてよいと思う。

以下、本稿では『鶯鶯伝』が明石の君の物語、具体的には「明石」巻の光源氏と明石の君との出会いと別れの物語に引用されていることを検討してみる。物語の場面だけでなく、明石の君の人物造型にも鶯鶯の人物像が反映されていたのではないか。阿部秋生氏の言われた、明石の君の平安京の現実的な豊かな色彩を帯びた人物像には、唐代伝奇の魅力的な女性像が溶けこまされていたのではないかと思うのである。そうした点を検討してみたい。

四　『鶯鶯伝』のあらすじ

『鶯鶯伝』のあらすじは次のようである。本文は新釈漢文大系『唐代伝奇』（明治書院、昭和五一年）所収、内田泉之助注訳『鶯鶯伝』により、引用文には同書の頁数を記す。

主人公は張生という科挙をめざす書生である。唐の貞元年間（七八五〜八〇五）の話であるとされる。張生は性質はおだやかで、容姿は美しく、芯は堅固で、友人が大騒ぎをしても調子は合わせるが、一緒になって乱れることはなかった。

蒲州に旅に出た張生は普救寺に宿を取った。たまたま同じ寺に長安に帰る途中の崔氏の未亡人と子どもが泊まっていた。その年蒲州の都督が亡くなると、軍人が騒動を起こした。崔氏は財産家だったので、略奪に遭うのを恐れたが、張生が蒲州軍の将校と知り合いだったので話を付けて、一家は難を免れた。その後騒動は収まったので、崔氏の未亡人は張生に感謝して宴を設けた。そして息子と娘の鶯鶯を張生に紹介し挨拶させたが、鶯鶯はなかなか姿を見せず、母にきびしく叱責されてやっと出てきたが、化粧もしていなかった。だが鶯鶯を一目見た張生はその美しさに驚いた。鶯鶯は十七歳であった。張生が話しかけても返事はなく、宴は終わった。それからというもの張生は鶯鶯に思いを伝えたいと願った。

崔氏には紅娘という召使いがいた。張生が紅娘に贈り物をして、折を見て鶯鶯への思いを打ち明け、取り次がせようとした。紅娘は断るが、翌日になって張生と崔氏とは親戚関係なのだから、その縁故で求婚したらよいと張生に助言する。張生がそんな悠長なことをしていたら自分は死んでしまうと言うと、それでは詩を贈るのがよい、鶯鶯はよく詩句を口ずさんでいると言うので、張生は即座に二首の「春詞」を作り贈った。すると鶯鶯から「明月三五夜」と題された返書が来た。「月を待つ西廂の下、風を迎へて戸半ば開く」と記されていた。

張生はその晩、垣根を越えて崔氏の住まいに忍び込み、西廂に行くと戸が半ば開いていた。張生は寝ていた紅娘を起こし、訪ねてきたことを鶯鶯に取り次がせた。ほどなく現れた鶯鶯は身仕舞いを正し、きびしい顔つきで張生を責めた。鶯鶯は張生が「春詞」を贈った振る舞いに直接抗議するためにわざとはしたない詩を届けたのだと言い、二度とそんな行動に出ないようにと言い終わると、さっと引き返した。張生は落胆しすっかり諦めた。

それから数日後の夜、張生が寝ているところに、紅娘が衾と枕を持ってくると、枕を並べ衾を敷いて帰った。張生が夢現でいるところに、鶯鶯が紅娘に支えられて来た。寺の鐘が鳴り、夜の明ける頃、鶯鶯は紅娘に支えられながら帰って行った。それから十日あまり、何の音沙汰もなかった。張生が「会真詩」を作って贈ると、その後鶯鶯との逢瀬は日に夜を継いで一ヶ月ほど続いた。張生は結婚しようと考えた。しかし、まもなく張生は長安に行かなくてはならなくなったので、鶯鶯に真情を伝えて諭すと、鶯鶯は素直に聞き入れて恨み言は言わなかったが、大変悲しげであった。長安に行く前二晩、鶯鶯は姿を見せず、張生は旅立った。

それから数ヶ月後、張生は再び蒲州に帰り、鶯鶯と逢瀬を重ねること数月になった。鶯鶯は文章が巧みで、芸事に優れていたが、人前で見せようとはしなかった。愛情が深くても言葉にあらわすようなことはなく、喜びや怒りも外にあらわすことはなかった。ある晩一人で琴を弾いていて、その音色が悲しかったので、張生がもっと聞かせて欲しいと頼んだが、二度と弾かなかった。

突然張生に試験の呼び出し状が届いて、長安に旅立つことになった。出発の前夜、張生が鶯鶯の側で嘆いていると、鶯鶯もこれが別れだと知って改まった顔で静かに話した。自分が遂に棄てられるのを恨みはしませんが、生涯連れ添うとの誓いがはたされるならありがたいことです。あなたは私が琴を上手に弾くと言っていたので、今夜は私の真心を弾いて聞かせますと言って、「霓裳羽衣（げいしょううい）」の曲を弾いた。その悲しい音色に皆すすり泣きをし、鶯鶯も琴を投げ出すと泣きながら母のもとに帰り、もどらなかった。張生は翌早朝、旅立った。

翌年、張生は試験に落ちて長安に止まることになり、手紙を鶯鶯に贈った。鶯鶯から長文の返書が届いた。張生と別れた悲しさと尽きることのない恨みが綿々と記されていた。張生はその手紙を友人たちに見せた。親友の楊巨源は「崔娘詩」と題する絶句を作った。元稹は張生の

「会真詩」に和して詩を作った。

張生の友人でこの話を聞いて珍しく思わない者はいなかった。しかし、張生の気持ちは鶯鶯から離れた。元稹は特に張生と親しかったから、別れた訳を聞くと、張生は言った。天が優れた女性に下す運命は本人に災いを下すか、そうでなければ関わり合う他人に災いが及ぶ。鶯鶯はそういう類の女である。自分の徳はそのような災いに勝つことはできないので、恋情を抑えたのだと。それから一年後には鶯鶯は他人と結婚し、張生も結婚した。その後たまたま張生は鶯鶯の家の近くを通る時に、夫を介して会いたいと申し入れたが、鶯鶯は会うことはせず詩だけを贈って寄こした。以後消息は絶えた。

五　明石の君の物語と『鶯鶯伝』との比較——出会い

以下、この『鶯鶯伝』のあらすじと対照しながら、明石の君の物語と比較してみる。まず人物設定の面から両者の類似点を見てみよう。

主人公光源氏と張生が色好みの共通点を持つのは今井源衛氏の言うところであるが、明石の君が源氏にはじめて逢うのが十八歳、源氏二十七歳の八月であるが、鶯鶯は十七歳、張生二十三、四歳のころにはじめて逢った。源氏は都を退去して須磨に下り、翌年明石で明石の君に逢うが、張生は蒲州に旅に出た時、鶯鶯も長安に帰る旅の途中で、蒲州の寺に泊まり合わせたのがきっかけであった。都を離れた旅先での出会いであったと言える。また「崔氏之家、財産甚厚」というように、鶯鶯の家は財産家であったが、財産家、富豪であったのは明石の君も同じである。

明石の君の父入道と光源氏の母桐壺更衣とは父方のいとこであるから、明石の君と光源氏とはまたいとこになる。親戚筋になるわけだが、その点張生と鶯鶯とは母方のいとこであった。最初鶯鶯の母（崔氏の婦）と張生との関係を説明するところに、「崔氏婦、鄭女也。張出於鄭、緒其親、乃異派之従母。（崔氏の婦は鄭の女なり。張は鄭より出づ、其の親を緒すれば、乃ち異派の従母なり）」（「鶯」二九八頁）とあるが、鶯鶯から張生への手紙にも「中表」とあり、彼らは「異姓のいとこ」であった。

以上、主人公の男が色好みであること、男女の年齢、女との出会いの地が地方であること、女の家は財産家であること、親戚筋の男女であることなど、類似点、共通点と言ってよいであろう。これは意外な多さではなかろうか。

次に恋の場面を見てみよう。張生と鶯鶯がはじめて会うのは、母親が軍人の騒動から守ってくれた張生に対して、子どもたちに御礼を言わせるところである。ところが、鶯鶯ははじめは気分が悪いと言って姿を見せず、母親にきびしく叱られてやっと現れた。だが、すねたように母親の傍らに坐ったまま、張生が話しかけても一言も言葉を発しなかった。しかし、張生は鶯鶯の美しさに一目ぼれする。

この母親、張生、鶯鶯の三者の関係を、明石入道、光源氏、明石の君の三人の関係に比べてみると、鶯鶯の母親が娘を張生と結婚をさせたいと願っていたかどうかははっきりとは語られないのに対して、明石入道は娘との結婚を源氏に懇願している。一方張生は鶯鶯に一目ぼれしたが、源氏は当初は入道の話を聞いても、「心細きひとり寝の慰めにも」（明石②二五七頁）と言う程度であり、ここも隔たりがある。共通するのは、鶯鶯と明石の君の男に対する態度である。明石の君は源氏が「とかく紛らはして、こち参らせよ」（明石二五三頁）と、入道に催促するようになった時にも依然従おうとしなかった。親に抵抗する娘、なかなか親の言いなりにはならない、年ごろの娘の形象として鶯鶯と明石の君は共通性を持っていると言えよう。

張生は鶯鶯に一目ぼれして、「張自是惑之、願致其情（張是より之に惑ひ、其の情を致さんことを願ふ）」（「鶯」二九九頁）ようになったが、源氏の場合はどうであろうか。源氏の場合は明石の君に求婚するまでの手順が込み入っている。それは物語の構造の問題と、光源氏と明石の君との身分差や彼女の境遇の問題が複雑に絡み合っているためであり、それらの問題を乗り越えていく手順が必要であったということであるが、そうした経緯を経て手紙の贈答を繰り返すうちに、源氏は明石の君の魅力に気付き、逢わずにすますわけにはいかないと思うようになる。

明石の君の文面や筆跡は都の高貴な女性にくらべてひけを取らないほどのものであり、思慮深く気位の高い様子が気に入ったからである。

明石君　思ふらん心のほどややよいかにまだ見ぬ人の聞きかなやまむ

手のさま書きたるさまなど、やむごとなき人にいたう劣るまじう上衆めきたり。京のことおぼえて、をかしと見たまへど、うちしきり遣はさむも、人目つつましければ、二三日隔てつつ、つれづれなる夕暮、もしはものあはれなる曙などやうに紛らはして、をりをり人も同じ心に見知りぬべきほど推しはかりて、書きかはしたまふに似げなからず、心深う思ひあがりたる気色も見ではやまじと思すものから　（明石②二五〇頁）

源氏は明石の君の手紙に京の高貴な女たちを思い起こし、自分の相手となるのにふさわしいと判断したのである。「心深う思ひあがりたる気色も見ではやまじと思す」という思いを強くするのである。「なんとしても会ってみたい」、源氏のこの思いは、先の鶯鶯を一目見た時の張生の思い、「張是より之に惑ひ、其の情を致さんことを願ふ」という箇所に相当させることができよう。

あらすじや物語の展開の違いは措いて、場面や表現の類似に注目して見てゆく。光源氏がはじめて明石の君を訪ねるところを見てみよう。秋八月十二、三日の明るい月がはなやかに輝く晩であった。ここには看過できない表現がある。

造れるさま木深く、いたき所まさりて見どころある住まひなり。海のつらはいかめしうおもしろく、これは心細く住みたるさま、ここにゐて思ひのこすことはあらじとすらむと思しやらるるにものあはれなり。三昧堂近くて、鐘の声松風に響きあひてもの悲しう、巌に生ひたる松の根ざしも心ばへあるさまなり。前栽どもに虫の声を尽くしたり。娘住ませたる方は心ことに磨きて、月入れたる真木の戸口けしきことにおし開けたり。

（明石②二五六頁）

これが明石の君の暮らす岡辺の住まいの様子である。深い木立のなかにある、みごとな造作の家である。近くには入道の日々の仏事のための三昧堂もある。注目したいのは「月入れたる真木の戸口けしきことにおし開けたり」の表現である。これは鶯鶯が張生に贈った「明月三五夜」と題する、次の詩の上二句、「待月西廂下　迎風戸半開」によく似ているであろう。

待月西廂下　　月を待つ西廂の下

迎風戸半開　　風を迎へて戸半ば開く

拂薔花影動　　薔（かき）を拂つて花影動く

疑是玉人来　　疑ふらくは是れ玉人（ぎょくじん）来るかと

（「鶯」三〇二頁）

張生は鶯鶯から届けられた右の詩を見て、春二月十四日の満月の晩に鶯鶯を訪ねたのだが、詩にあるとおり、「西廂に達すれば、則ち戸半ば開けり」。源氏は中秋の明月の晩に明石入道から手紙を受け取り、夜が更けてから明石の君を訪ねたが、「真木の戸口けしきことにおし開けたり」と、男を誘うかのように戸は開いていた。ともに美しい月夜に女の家は男を迎え入れようと戸が開けられていた。また「迎風」―「鐘の声松風に響きあひ」というように、風も吹いていた。源氏物語は「待月西廂下　迎風戸半開」をそのまま転用したと言ってもよいような場面であろう。

　これに続く場面で、張生が予期に反して女から非難されて絶望的になるところはあらすじにあるとおりであり、一方、光源氏が初夜の一夜を過ごして予想以上に魅力的な女であったことに満足し、普段とは違って夜の明けるのが早いと感じたというところとは、大きく異なる。「御心ざしの近まさりするなるべし、常は厭はしき夜の長さも、とく明けぬる心地すれば、人に知られじと思すも心あわただしうて、こまかに語らひおきて出でたまひぬ。」（明石②二五八頁）というのであった。

　しかし、それから数日後、鶯鶯はみずから張生を訪ねた。鶯鶯は紅娘にささえられて、「至れば則ち嬌羞融冶、力支體を運ぶ能はず。曩時の端荘と復た同じからず。」（「鶯」三〇五頁）――はにかんだ艶めかしい姿は自分の身体を支える力もなさそうで、張生を責めた時の毅然としたおごそかな態度とはまったく違っていた。張生は神仙が天下ったのかと、文字通り夢を見ている気分で過ごし、女が帰った後、女の残り香や涙の跡をたしかめた。

この鶯鶯の変貌が何に因るのかは語られないが、後に張生への手紙で、鶯鶯は「婢僕見誘、遂致私誠。兒女之心、不能自固。（婢僕に誘はれ、遂に私誠を致せり。児女の心、自ら固くする能はず。）」（「鶯」三二〇頁）と語っているので、紅娘が張生のために鶯鶯を説得し、鶯鶯が説得を受け入れたということであろう。紅娘は張生に詩を贈るように勧めた時にも、「君試爲喩情詩以亂之（君試みに為に情詩を喩して以て之を乱せ）」（三〇二頁）と、恋を煽っていた。こうした紅娘の裏方の工作が功を奏したのであろう。そして夢のような一夜が明ける。ここの初夜の別れの表現は、二人とも無言であったようだ。鶯鶯は夜通し一言も発せず、帰るときも「嬌啼宛轉（きょうていえんてん）」（三〇五頁）――なまめいた忍び泣きに、なよなよと身をくねらせた――と記述される。これが張生と鶯鶯の初夜であるが、このあたりは光源氏の場合とは異なる。

六　明石の君の物語と『鶯鶯伝』との比較――別れ

張生と鶯鶯との逢い引きはこの後一月ほど続き、張生は結婚を考えるようになるが、長安に行かなくてはならなくなり、一旦別れる。しかし、数月後には再び蒲州に帰り、鶯鶯と数ヶ月の蜜月の日々を過ごすが、再び試験のために長安に行くことになる。この時二人はこれが最後の別れになると覚悟する。明日は旅立ちという前夜、鶯鶯はこの恋が道ならぬ恋ゆえついに捨てられるのも恨みはしない、ただ初めて逢った時の一生添い遂げようとの誓いが果たされたら、この旅立ちも憾みはしない、だがあなたはそれを悦ばないので、いつも聞きたいと言っていた琴を弾いてやろうと言う。逢ってから一年近くになろうとしていた頃である。

> 崔（鶯鶯）已に陰（ひそ）かに将に訣れんとするを知り、貌（かたち）を恭しくし声を怡（よろこ）ばし、徐（おもむ）ろに張に謂ひて曰く、始め之を乱し、終りに之を棄つるも、固より其れ宜しきなり。愚（ぐ）敢て恨みず。必ずや君之を乱し、君之を終へんか、君の恵みなり。則ち身を歿するの誓、其れ終り有らん。又何ぞ必ずしも深く此の行を憾（うら）みん。然れども君既に悦ばず、以て奉寧する無し。君常に我善く琴（きん）を鼓すと謂ふ。向時羞顔（きょうじしゅうがん）、及ぶ能はざりし所なりき。今且に往かんとす、君に此の誠を既さんと。因つて命じて琴を払ひ、霓裳羽衣の序を鼓す。数声ならざるに哀音怨乱、復た其の是の曲なるを知らざるなり。左右皆歔欷（きょき）し、崔も亦遽（にわか）かに之を止めて琴を投ず。泣（なみだ）下りて流連、趨（はし）りて鄭の所に帰り、遂に復た至らず。明旦にして張行く。
>
> （「鶯」三〇八頁）

鶯鶯は以前は恥ずかしくて弾けなかったが、今宵は自分の真心を尽くして弾きますと言って、霓裳羽衣の序曲を弾き始めると、その哀しい音色は憂いに乱れ、その曲であることも分からなかった。一座の者はみなすすり泣き、鶯鶯は弾くのを止めると泣きながら母のところに帰り、戻らなかった。翌早朝、張生は旅立った。

これを「明石」巻の次の一段と比較してみる。源氏が明石の君と結婚したのは二十七歳の八月十三日、赦免の宣旨が下り、帰京することになったのは二十八歳の七月二十日過ぎのころであった。一年足らずの月日が流れていた。

源氏　このたびは立ち別るとも藻塩やく煙は同じ方になびかむ

とのたまへば、

明石君　かきつめて海人のたく藻の思ひにも今はかひなきうらみだにせじ

あはれにうち泣きて、言少ななるものから、さるべきふしの御答へなど浅からず聞こゆ。この常にゆかしがり給ふ物の音などさらに聞かせたてまつらざりつるを、いみじう恨み給ふ。「さらば形見にも忍ぶばかりの一ことをだに」とのたまひて、京より持ておはしたりし琴の御琴取りに遣はして、心ことなる調べをほのかに掻き鳴らし給へる、深き夜の澄めるはたとへん方なし。入道、えたへで箏の琴取りてさし入れたり。みづからもいとど涙さへそそのかされて、とどむべき方なきにさそはるるなるべし。忍びやかに調べたるほどいと上衆めきたり。（中略）これはあくまで弾き澄まし、心にくくねたき音ぞまされる。この御心にだに、はじめてあはれになつかしう、まだ耳馴れ給はぬ手など心やましきほどに弾きさしつつ、飽かず思さるるにも、月ごろなど強ひても聞きならさざりつらむと悔しう思さる。心の限り行く先の契りをのみし給ふ。

（明石②二六五―二六六頁）

張生は別れに際して再会を約束しなかったのに対し、源氏が「このたびは」の歌に見られるように再会を約束しているのは大きな違いであるが、これは物語の主題の違いに拠るところである。注意したい点は、鶯鶯が張生との別れを「愚敢て恨みず」「何ぞ必ずしも深く此の行を憾みん」と繰り返し恨みはしないと言っていたが、琴を弾きはじめると、泣いて母親のもとに帰った。明石の君も「今はかひなきうらみだにせじ」と詠むものの、「あはれにうち泣きて、言少な」であった。

そして鶯鶯がこれまで張生が求めても弾いたことのない琴を弾いたように、明石の君もこれまで源氏の求めに応じたことのなかった箏の琴を初めて弾いたのである。源氏に恨まれ、「形見にも忍ぶばかりの一ことをだに」とせがまれて弾いたのである。それは妬ましくなるほどの音色で、源氏にはしみじみと懐かしく、まだ聞いたことのない曲を途中で弾きやめたりするので、物足りなくこれまでどうして無理にでも聞かなかったのかと悔やまれた。鶯鶯は途中で琴を弾くのをやめたが、明石の君も「弾きさしつつ」というのである。別れを前にして、二人の女はともに男のために、男の聞きたがっていた琴や箏の琴をはじめて弾いたのである。

張生の出発の日、鶯鶯は見送った形跡はない。彼女は前夜から泣き臥していたのであろう。琴を弾いた夜、鶯鶯はこの恋を恨みはしないと言っていたが、後に張生に贈った手紙には棄てられた恨みが綿々と綴られていた。

但恨むらくは僻陋の人、永く以て遐棄せらるるを。命や此の如くんば、知る復た何をか言はん。（略）

愚陋の情、永く託を終へんことを請ふ。豈に期せんや、既に君子を見て、情を定むる能はず。自献の羞有るを致し、復た明らかに巾幘に侍せず。身を没するまで永く恨む。歎を含んで何をか言はん。倘し仁人心を用ひ、俯して幽眇を遂げなば、死するの日と雖も、猶ほ生けるの年のごとくならん。（「鶯」三一〇頁）

棄てられることが運命ならば仕方がないが、願わくは生涯を伴にしたいと思っていた。張生にはじめて会ったとき、恋に落ちて、自分から身を捧げたことが恥ずかしく、婚礼をして妻としてお世話できなかったのが、一生の恨みである。あなたの妻になりたいというこの深い気持ちを叶えてもらえるなら、死んでも生きていると同じですと訴えた。

明石の君はどうかといえば、別れの前には恨みはしない――「今はかひなきうらみだにせじ」――と歌に詠んでいたが、源氏の出発を見送りながら、見捨てられる恨みに泣き暮らした。

正身の心地たとふべき方なくて、かうしも人に見えじと思ひしづむれど、身のうきをもとにて、わりなきことなれど、うち棄て給へる恨みのやる方なきに、面影そひて忘れがたきに、たけきこととはただ涙に沈めり。（明石②二七〇頁）

将来源氏が彼女を京に迎えて妻として処遇するかどうかは、源氏の心一つに掛かっていたことなので、たとえ姫君が生まれても、源氏が姫君だけ引き取って彼女は京に迎えないということもありえたからである。明石の君との結婚が慣例どおりに源氏が三夜通うという形式を踏んでいたのかどうかも、本文からははっきりとは分からない。明石の君の不安が大きかったことは間違いない。泣き伏すほかない恨みの別れであったのである。

さらに形見の品が語られることも共通する。鶯鶯は長安からの張生の手紙を受け取ると、それに返書するが、その時「玉環一枚」「亂絲一絇」「文竹の茶碾子一枚」を添えて贈った。その心は、「玉環」は張生の腰に下げてほしいというだけでなく、張生が鶯鶯に対して玉のように変わることのない真心を失わず、鶯鶯の心は環のようにめぐって絶えることのないことを分かってほしいということであった。「亂絲」はいうまでもなく乱れた糸のように愁いに心の乱れることを、「文竹」は涙の痕が竹の斑に残ることにたとえたのである（「鶯」三一一頁）。そのように記して「形見」の品とした。鶯鶯の恨みの深さが伝わる文面である。

一方、源氏は京から持ってきた琴を贈り物にしたが、それは「琴はまた掻き合はするまでの形見に」（明石二六六頁）ということであった。明石の君が新調した狩衣を贈ると、源氏はそれに着替えて、今まで着ていた衣装を贈り物にする。それは「げにいまひとへ忍ばれ給ふべきことを添ふる形見なめり」（明石二六九頁）というのである。

終わりに——人物像をめぐって

以上に見てきたように、明石の君の物語と『鶯鶯伝』とは物語としてはそれぞれ別の話であるが、思いのほか類似点が多いのではなかろうか。

さらに次のような鶯鶯の人物像は明石の君だけでなく源氏物語の他の女性たちとも重なるところがあるように思う。

> 崔氏（鶯鶯）甚だ刀札に工に、善く文を属す。求索すること再三なれども、終に見る可からず。往々張生自ら文を以て挑むも、亦甚だしくは覩覧せず。大略崔の人に出づる者、芸は必ず窮極するも、貌は知らざるが若く、言は則ち敏弁にして、酬対に寡く、張を待つの意甚だ厚けれども、然れども未だ嘗て詞を以て之に継がず。時に愁艶幽邃なれども、恒に識らざる若く、喜慍の容も亦形に見はすこと罕なり。異時独り夜琴を操り、愁弄悽惻す。張竊かに之を聴き、之を求むれど、則ち終に復た鼓せず。是を以て愈々之に惑ふ。
>
> （「鶯」三〇七頁）

鶯鶯は文字がうまく文章もすぐれていたので、張生が再三書いてほしいと頼んだが、見せてくれなかった。張生が文章を作って誘ってもたいして見ようとはしない。鶯鶯の人と違うところは芸事は何でも奥まで極めていても外見は知らないふうであり、言葉は雄弁なのだが、人に応対しては口数が少なく、張生に対する愛情は厚いが言葉にあらわすことはなかった。時に愁いを帯びあでやかで奥深く物静かな時も、何も知らないふうであり、喜びや怒りを表情に出すことはめったになかった。ある時一人で夜琴を弾いていたが、その愁いにみちた音色に心を打たれて、張生がもっと聞かせてほしいと求めたが、二度と弾かなかった。

鶯鶯はこのような人柄であったとされる。教養があり芸事にも抜群で、何ごともよくわきまえ精通していながら、控えめな態度をとり、喜怒哀楽の情も面にはあまり出さず、自分一人で堪えるというのが鶯鶯の性格であったということであろう。「名門深窓の麗人にふさわしい」という評もある。(14)

明石の君に似ている面があったことは、先に見た別れに臨んで箏の琴を弾いたところである。源氏がもっと早く無理にも聞いておきたかったと思ったほどの技量であった。そうした面を日ごろは包み隠しているのである。それは箏の琴に限るわけではない。源氏との別れにあたっても、明石の君は「かねて推しはかり思ひしよりもよろづ悲しけれど、なだらかにもてなして、憎からぬさまに見えたてまつる」(明石②二六一頁)というふうに振る舞った。悲しい時も「なだらかにもてなして」いた。これは鶯鶯の「時に愁艶幽邃なれども、恒に識らざる若く、喜慍の容も亦形に見はすこと罕なり。」というところに、相当させることができよう。そういう明石の君を光源氏は次のように評していた。

（明石の君は）何ばかりのほどならずと侮りそめて、心やすきものに思ひしを、なほ心の底見えず、際なく深きところのある人になん。うはべは人になびき、おいらかに見えながら、うちとけぬ気色下に籠もりて、そこはかとなく恥づかしきところこそあれ。

（若菜下④二一〇頁）

紫上を相手にこれまでの女性関係を語るところなので、多少は紫上に対する配慮が働いているかもしれないが、それはそれとして、「際なく深きところ」があるのだが、「うはべは人になびき、おいらかに見え」るという明石の君の態度は鶯鶯と共通していると言えよう。明石の君の物語には深いところで鶯鶯が木霊のように響き合っているように思われる。さらに言えば、鶯鶯の人物像が「名門深窓の麗人にふさわしい」とすれば、源氏物語の他の名門深窓の女性像にも影響していたのではなかろうか。

注

（1）桑原博史校注『無名草子』新潮社、一九七六年。

（2）『源氏四十八ものたとへの事』は国語国文学研究史大成3『源氏物語上』三省堂、一九六〇所収。成立時期など「翻刻研究文献解題」による。

(3)『源氏解』も国語国文学研究史大成3『源氏物語上』所収。「翻刻研究文献解題」には『源氏解』の四十八項目のうち二十九項目が『源氏四十八ものたとへの事』と共通するが、ことさらに異を立てた節が見えるとある。成立時期は鎌倉時代。

(4)国文註釈全書第三巻『河海抄花鳥餘情紫女七論』すみや書房、一九六七年。

(5)秋山虔「源氏物語の人間造型」『国文学』學燈社、昭和四〇年一二月。『王朝女流文学の世界』東京大学出版会、一九七二年所収。引用は同書五五頁、六〇頁。

(6)今井源衛「明石の上について」『国語と国文学』昭和二四年六月。『源氏物語の研究』未来社、一九六二年所収。一〇七頁。

(7)高橋文二「明石の君」、森一郎編著『源氏物語作中人物論集』勉誠社、一九九三年。三一一頁。

(8)阿部秋生『源氏物語研究序説』東京大学出版会、一九五九年。第二篇第五章「明石の君の物語の構造」八八八、八九六、九〇三頁。

(9)新釈漢文大系『唐代伝奇』明治書院、一九七六年所収、『鶯鶯伝』解説、二九七頁。「この一篇が作者元稹の自叙であることは宋の王銍の考証によってほぼ定説に近く」とある。

(10)三木雅博「『落窪物語』を読む」片桐洋一他編『王朝物語を学ぶ人のために』世界思想社、一九九二年。

(11)田辺爵「伊勢竹取に於ける伝奇小説の影響」『國學院雜誌』一九三四年十二月。目加田さくを『物語作家圏の研究』武蔵野書院、一九六四年。第二章第二節「唐末に到る中国小説の展開と史伝」、第八章第一節「歌物語の先蹤」。上野理「伊勢物語『狩の使』考」『国文学研

究』一九六九年一二月。渡辺秀夫『平安朝文学と漢文世界』勉誠社、一九九一年。四九一頁。

（12）新間一美「源氏物語花宴巻と「鶯鶯伝」」（『白居易研究年報』九号、二〇〇八年一〇月）。同「日中妖狐譚と源氏物語夕顔巻」・「源氏物語若紫巻と元白詩」、両論文とも『源氏物語と白居易の文学』和泉書院、二〇〇三年所収。

（13）新編日本古典文学全集『源氏物語』①、「漢籍・史書・仏典引用一覧」四三六頁。今井源衛氏は『伊勢物語』六十三段「つくも髪」の段も「好色賦」と「鶯鶯伝」の影響がありそうだという。『今井源衛著作集8』笠間書院、二〇〇五年所収、「源氏物語の形成―帚木巻頭をめぐって」。

（14）『鶯鶯伝』解説で、内田泉之助氏は「内容上興味を惹くのは、女主人公である鶯鶯の情を写して巧みな点である。それは理性と意志とに制せられつつ内に炎々として燃える情で、誠に名門深窓の麗人にふさわしいものというべく」と評している。注9『唐代伝奇』二九七頁。

唐代伝奇と『源氏物語』における夢物語
——「夢遊」類型の夢物語を中心にして

陳　明姿

序

古代人にとって夢は神鬼と交信する通路である。日常生活ばかりでなく、為政者が重要な政事を決定する時にも、しばしば夢によって神の指示をいただくと言われる。ゆえに、古代文献に残る夢の例も殆どが、運命予告や吉凶判断の機能を持つものである。しかし、時代を経るに連れて、物語や小説などに登場する夢は様々に変化していって、中には、かならずしも従来の夢の様相（鬼神と交信する）や機能（吉凶判断・運命予告）を持たぬ型も見られるようになる。「夢遊」類型の夢はその代表的なものである。(1) 日中両国の文学には、ともに「夢遊」類型の夢が見られるが、(2) 一体、両国の文学に現れる「夢遊」の夢は、それぞれどういう様相を呈し、且つどういう異同が見られるのか。ここではこの問題を、特に唐代伝奇と『源氏物語』における

「夢遊」を通して考察することにする。

一　「夢遊」の物語的展開

『太平御覧』三九七巻に引かれている夢書には、

夢者像也精氣動也魂魄離身神來往也……魂出遊身獨在心所思念忘身也

とある。即ち、古代人は夢を見ることは、「出遊」した魂の仕業だと考えていたのである。『列子』に至ると、従来の夢の観念にさらに道家、神仙家の思想が取り入れられ、「神游」類型の夢を作り上げた。『列子』の周穆王篇の化人宮の夢と黄帝篇にある華胥国の夢はすべて魂が神仙境のようなところへ「神游」して来たものである。そして、そういった夢の考えが自由奔放な文学者に大きな刺激を与えた。彼らは積極的に空想を働かせ、色彩豊かな「夢遊」の夢物語を作り上げたのである。

「夢遊」は、虚構小説である唐代伝奇では、かなり大きい割合を占めている。汪辟疆校録の『唐人小説』に収載された夢物語は全部で十一あるが、そのなかに、「夢遊」類型の夢物語は七つもある。即ち「三夢記」、「異夢録」、「秦夢記」、「薛偉」、「蔡少霞」、「枕中記」、「南柯太守伝」である。そして、「三夢記」をはじめ、これらの夢物語の殆どから珍奇な話を伝えようとする志向がうかがえる。だが、ただ珍奇さのみを求めているわけでもない。たとえば、沈亜之の「異夢録」は、夢の中で、格調高い風雅な美人に出会うが、つかのまに別れてしまうという話であり、その物語全体には、艶情物語の哀艶なる趣が漂っている。「秦夢記」では、沈亜之は夢の中で秦に赴き、秦穆公に美しい公主弄玉の駙馬として招かれ幸せな日々を過ごしていたが、わずか一年で公主にあっけなく先立たれてしまう。沈亜之は宮内の景色に触れるにつけて、悲しく公主が思い出されるので、ついに秦穆公に別れを告げ黯然として故郷へ帰る。この「秦夢記」には物語全体に情緒纏綿たる趣がある。また、「薛偉」になると、あきらかに、夢の話型を借りて、仏教の輪廻転生、因果応報の教えを説いている。以上とり挙げた物語のように、一見奇なる物語を語っているようでありながら、作者の言いたいことを夢の話型を借りて、書き上げた物語の中で、もっとも成功を収め、広く長く愛読されているのは「枕中記」、「南柯太守伝」である。

ここで採り上げる「枕中記」は『唐人小説』に収載されているもので、出典は『文苑英華』であるが、『太平広記』巻八二にも「呂翁」という題で「異聞集」のあるものが収録されている。「枕中記」と「呂翁」のあらすじはほぼ同じであるが、細部に至ってはいささか異なっている。たとえば、『文苑英華』では「蒸黍」とあるが、『太平広記』では「蒸黄粱」となっている。後世に、「黄粱一炊の夢」というのは『太平広記』の文に拠ると思われる。以下、「枕中記」の内容を示そう。

神仙術をよくする道士呂翁が邯鄲のある茶屋で休んでいると、「衣短褐、乗青駒」というみすぼらしいかっこうをしている盧生が入って来た。二人は暫く楽しげに話していたが、やがて、盧生は深く嘆息しながら、呂翁に自分の不運不遇をこぼしているうちに、眠気に襲われる。その時、ちょうど店の主人が黍飯を炊きはじめたところで、呂翁は青瓷の枕を彼に貸した。盧生はその枕に穴があることに気付き、その穴をよく見ていた。すると、不思議なことがおきた。その穴が見ているうちに、しだいに大きくなり、そこで、盧生は中に入ってみた。すると、いつしか我が家に帰っていた。やがて清河の豪族崔氏の女を娶り、進士の試験に及第し、とんとん拍子に出世し、宰相の位にまで登った。そして、自分自身が栄耀栄華を極めたばかりでなく、子孫も出世し、豪族と縁を結んだが、やがて、年を取って、病気で死んでしまう。そこで、あくびをしながら目を覚ました。見れば、呂翁は元通りに座っている。茶店の主人の炊いていた黍飯はまだ炊きあがってはいなかった。そこで、人生もこれと同じく、夢の如く短く、はかないと悟ったという。

「建功樹名、出将入相」という大志を抱きながら、なかなか実現できない。そのために、盧生は自分の不運を深く嘆く。そこで、神仙術を持つ呂翁は、枕を貸し栄耀栄華を極める夢を見させたのである。即ち出世して、栄華富貴になりたい欲望がこの夢を見る契機になったのである。

次に李公佐が書いた「南柯太守伝」の内容を見よう。

淳于棼は呉の俠士で、酒に身をもちくずして、おちぶれた生活を送っていた。ある日も友人と会飲して酔いつぶれ、うつらうつらするうちに、「大槐安国」から使者が来、彼は国王の女婿として迎えられ、王に次ぐ栄耀栄華の日が続いていたが、やがて、妻に死なれ、権威も落ちて、故郷に送還されたところで、目が覚める。見れば飲み残しの酒がそのまま、傾いてた日もまだ西に沈まないでいた。友人とともに庭の槐の洞を掘って見ると、夢で見た通りの蟻の宮殿があったという。

この「南柯太守伝」は『太平広記』巻四七五にも「淳于棼」という題で同じ内容の物語が収録されている。それは、「異聞集」に拠るとあるが、李肇が『国史補』で李公佐を「南柯太守」と称していることから、「異聞集」の他に、唐ではこの作品が「南柯太守伝」という単編としても読まれていたと推察できる。

「南柯太守伝」は、その手法から主旨までほぼ「枕中記」と同一である。上司に逆らって免職され、おちぶれている淳于棼も盧生と同じく、心の中では常に栄達をきわめたい願望を持っているに違いない。それが「大槐安国」の蟻国王に気付かれたためであろうか。彼は駙馬として「蟻国」に迎えられた。即ち、この二つの夢はともに栄達したい欲望が夢見の契機となっているのである。

ところで、短い時間に魂が「夢遊」して来る構想自体はいうまでもなく『列子』の「神游」類型の夢から影響を受けたものであるが、夢に託して自分の主張をもの語りだしたのは『荘子』の寓言夢のそれにならっていると思われる。しかし、『荘子』『列子』の夢の影響を受けたとはいえ、短い夢に託して、人間の一生のはかなさをもの語ったのは、今までに見られなかった創造である。このような人生の浮き沈みは現代のわれわれの生にもあてはまるだろう。

「三夢記」をはじめ、およそ伝奇における「夢遊」の夢物語を検査すると、殆ど「奇」なる話を伝える特色を持っているが、「枕中記」「南柯太守伝」、この二つの夢物語に至ると、さらに「奇」なる衣をまといつつ、人生のはかなさを語るようになった。

さて、『源氏物語』の方に目を転じよう。

『源氏物語』の第一部と第二部で「夢遊」に帰類できる出来事は三つある。即ち、蛍の巻における内大臣の「夢遊」(3)、葵の巻における六条御息所の「夢遊」、ならびに若菜の巻(上)における紫の上の「夢遊」である。

蛍の巻の内大臣は、源氏とは若い頃からの友達でありながら、恋愛などで張り合う仲でもあった。すでに二人とも出世して、内大臣と太政大臣になっていながら、まだ張り合っている。しかし、内大臣はいかにしても源氏には及ばぬところがあるので、非常に残念に思っている。

まず娘の一人がようやく女御になったが、結局は源氏の推す秋好中宮に先を越され、立后する希望がなくなったので、大宮に預けた次女雲居雁を東宮に入内させようと考える。しかし、彼女は夕霧と恋仲になったために、その可能性も失われてしまった。娘達の立后の可能性が次々と失われたため、大臣は大変「口惜し」く思うのである。こういう時に第三の人――玉鬘のことを想起する。

即ち、玉鬘を捜す動機は、かならずしも愛情から発するものではなくて、むしろ自分の政権争いの道具として使おうという魂胆による。その執着の一念は、ついに夢の中で魂を出遊させ、玉鬘を誰かが養女にしているのを見るに至る。いわば、心の中の執念が魂を「夢遊」させたのだ。

次に、葵の巻における六条御息所だが、彼女は源氏の冷淡さに悩み、「もし思し乱るる慰めにもや」と賀茂の祭を見物に出掛ける。だが、葵の上の供人達に車を乱暴にどかされ、さんざんな目に会わされる。その上、思い人源氏が自分の車前を通る時には、目もくれなかったのに、葵の上の車前を通る時に「まめだち」て通る。プライドの高い御息所にとっては、並々ならぬ打撃で落涙してしまう。人に見られるのを恥ずかしく思いはするものの、いとしい源氏の姿を追わないではいられない。御息所はどんなに源氏を恨めしく思っても、彼のことを思い切って忘れることができないのである。そして、御息所が源氏に対する愛執をつらぬこうとすればするほど、葵の上に対する嫉み、怨みも深まる一方である。祭から家に帰ったあとも「起き臥し思しわづらふ」心地で、ずっと車争いの事件に苦しむ。そしてどうしても晴らしようのないこの怨みがついに魂を遊離させ、葵の上を苦しめる結果になる。

即ち、六条御息所の「夢遊」も人間の執念によるのである。

続いて、若菜（上）の巻における女主人公紫の上の「夢遊」に目を移そう。

紫の上は女三の宮が六条院へ降嫁して来たことに、大きな衝撃を受けた。彼女は自ら正妻の位を女三の宮に譲り、東の部屋に移った。新婚三日の間、源氏が毎晩欠かさず女三の宮のところへ行くことから、今まで源氏の正妻として扱われ、源氏にもっとも愛されて来た紫の上はさすがに堪えがたく、わけもなく悲しく感じる。しかし、心の中ではどんなに苦悩しても、表面上はあいかわらず平静をよそおい、いかにも余裕のあるように振舞っている。自分もその婚礼を祝しているように機嫌よく物語をしながら夜おそくまで起きているが、「あまり久しき宵居も例ならず、人やとがめん」と気がとがめる。それで、寝所に入りはしたが、「さびしき夜」を幾夜も過ごして来たため、「ただならぬ」心地がして、なかなか寝つかれない。その悲嘆は源氏への思慕とともに高まり、まどろんだ時、魂がついに源氏のところへ遊離してしまうのである。

わざとつらしとにはあらねど、かやうに思ひ乱れたまふけにや、かの御夢に見えたまひ、

（後略）。

紫の上は表面ではいくら平静なふりをとりつくろっていても、愛する夫源氏がやがてしだいに自分から遠ざかっていくのではなかろうかと危惧する。彼女はそのため苦悩の只中に陥ってしまった。そして、その煩悶苦悩はついに夢の中で魂を浮遊させたのである。

「枕中記」と「南柯太守伝」ではともに栄達したい欲望が魂を夢遊させるのに対して、『源氏物語』の方では、人間の愛執が夢の中で魂を出遊させるものと語られている。

二　両者の比較

では、両国の作り物語（唐代伝奇と『源氏物語』）はそれぞれどういう意図に基づいて語られたのか以下考察してみたい。

唐代においては短い夢の中で数十年にわたる一生を経験したという類の小説が、多く書かれている。よく知られているのは、先に記した「枕中記」、「南柯太守伝」の他に、『太平広記』巻二八一に引かれている「桜桃青衣」である。

ここにその内容を示そう。

天宝のはじめ、范陽の盧子は何度も科挙の試験に落ち、しだいにおちぶれていった。ある晩、驢馬に乗って、寺を通ったが、寺の中で、ちょうど僧侶が開講しているところだった。中に入って、経を聞くが、疲れたので、ついに寝てしまった。夢の中で、寺を出ていこうとすると、寺の門のところで、ある一籃の桜桃を下げた青衣使者に会った。青衣使者は実は崔家に嫁いだ盧子のおばの召使いで、彼の案内でおばを訪ねて行った。おばさんの子息はそれぞれ出世して、皆朝廷の官吏になり、おばさんの親戚も皆高官になっていた。彼女のとりつぎで、美しくて、名門出身の娘を妻に迎えた。次の秋、科挙試験を受けに行くと、またおばのあっせんで及第した。彼はそのおばのコネでとんとん拍子に出世し、ついに、宰相の位に登った。結婚して二十年たち、七男三女をもうけ、孫が十人もいた。そんなある日、用があり、偶然にも、また昔桜桃青衣使者に会った寺の門のところに来た。寺の中では昔と同じくまた僧が開講しているところだった。馬をおりて、礼拝に入り、高貴な元宰相だから、まわりの官吏たちに囲まれながら、正殿にのぼった。急に疲れが出て、寝てしまった。暫くたって、講演している僧が「施主、どうしてまだ起きないのか」というのを耳にしたところで、目が醒めた。すると自分が相変わらず普通の庶民の身であり、夢の中の豪勢、伴の周囲の官吏は一人のこらず消えてしまっていた。寺を出ると、下男が「私も驢馬も腹が空いたのに、どうしてなかなか出て来ないのか」という。盧が時間を聞くと、「もうそろそろ正午だ」と答えた。盧は「人の世の富貴貧賤も夢のようにはかない。

これからは二度と官吏になり、栄達を求めるようなことはしない」と言って、ついに「尋仙訪道、絶跡人世」という。

「桜桃青衣」の内容は「枕中記」と大変類似し、主人公の苗字まで「枕中記」と同じである。唐代におけるこうした小説の流行は、当時の社会背景と深く関わっていると思われる。

唐代においては官吏は主に科挙試験により採用されたので、当時の士達は科挙試験に合格し、官吏として採用されることを立身出世の道だと考えていた。一方で、六朝に始まった「九品中正[4]」という制度のもとに台頭した「世族」達は、唐に入っても依然として強い勢力を持ち、中でも清河の崔氏、博陵の崔氏、范陽の盧氏、趙郡の盧氏、隴西の李氏、栄陽の鄭氏、太原の王氏等の氏族はもっとも強い勢力を持っていた。だから、崔氏を始めとする五姓の娘達と結婚すれば、姻戚関係の力で出世できる。そんなことから、科挙試験に合格し、五姓の娘達と結婚することは当時の士達の共通の願望であった。

唐の宰輔薛元超はその側近に、

「吾不才富貴過分。平生有三恨、始不以進士擢第、娶五姓女、不得修國史[5]」

と言ったことがある。宰輔という位に登った薛元超でさえ「進士」より「擢第」され、「五姓女」と結婚できなかったことを残念がっていたぐらいであるから、まして、一般の士達はなおさらそう考えたであろう。

「枕中記」の主人公も夢の中で「五姓女」の「清河崔氏女」をめでたく迎えた翌年、さらに「進士」の試験に合格し、とんとん拍子で出世していく。最後は「燕国公」にまで登り、栄耀栄華をきわめたが、やがて八十になって、とうとう病気で死去する。だが、夢から醒めると、それは「主人蒸黍未熟」の短い一時に過ぎないのである。

数十年の人生を過ごしたと思っていたのが、それが僅か「蒸黍未熟」の一時に過ぎなかったのであり、ことさらその「短」さが強調されている。「桜桃青衣」では主人公盧子が夢からさめた後の部分には、さらに「乃見著白衫、眼飾如故、前後官吏、一人亦無」とある。夢の中の威勢、栄耀栄華はすべて消えてしまったのである。即ち、ねがったり、叶ったりの栄耀栄華は夢の中で全部実現されたが、目が醒めるとすべて霧のように消えてしまうというのである。

そして、作者はさらに神仙呂翁をして「人生之適、亦如是矣」と語らせ、実は人生も短い夢のようにはかないと説いている。これは後世に大きな影響を与え、それ以来、短い、はかない夢は人生の代名詞になっている。

人生も栄華富貴も短い夢のようにはかないのなら、功名富貴に熱中することはない。しかし作者は、人生、功名富貴のはかなさを説くばかりではなく、さらに進んで理想的な道をも示したと思われる。

まず盧生に悟りを開かせた呂翁が神仙術をよくする道士であるということに注目しなければ

ならない。

まず「道士」という語の由来と意味から見よう。

『老子』の中に「聖人無常心以百姓心為心」（四十九）とある。即ち理想的な人格を「聖人」と言う。『荘子』になると「聖人」の他に、さらに「至人」「神人」「真人」という言葉が現れて来る。そして

至人神矣乘雲氣騎日月而游乎四海之外死生無變於已（齊物篇）

至人上闚青天下潛黃泉揮斥八極神氣不變（田子方）

藐姑射之山有神人居焉肌膚若冰雪綽約若處子不食五穀吸風飲露乘雲氣御飛龍而遊乎四海之外（逍遥遊）

古之真人其寢不夢其覺無憂其食不甘其息深深（大宗師篇）

夫聖人鶉居而鷇食鳥行而無彰……千歳厭世去而上僊乘彼白雲至於帝鄉（天地篇）

とあることから見ると、『荘子』にある「至人」「神人」「真人」、それに「聖人」も含めて、道を修めて至高を極めた人はすでに神仙の色彩を漂わせている。後漢になって、張道陵が道家思想をもとにして道教を創める際、さらに神仙家の説をとり入れ、徹底的に道教を神仙術、不老長生を研究する宗教として樹立した。道教を奉じて、神仙術、不老長生を研究するものを「道士」と称する。小説の中に登場する道士の多くは神仙術の使い手である。「枕中記」に登場す

る呂翁もまた神仙術の使える道士である。

盧生はこの神仙術を身につけている「先生」の導きによって、人生・栄華富貴のはかなさを悟った以上、功名富貴をあきらめ、「先生」と同じく「道」の門に入り、無欲清浄な生活を送り、「生死」を超越できる不老長生の術を修めようとすることも当然なことだと思われる。このことは、「枕中記」と同じ主旨で書かれた「桜桃青衣」において、さらに詳しく盧子が最後に「尋仙訪道、絶跡人世」と語っていることでさらにはっきりするだろう。呂翁は、盧生を「道」の門に入れ身を修めさせ、神仙の道へ向かわせる先導役を果たしていると思われる。道教が盛行していた唐代においては、功名富貴をあきらめた人、あるいは科挙試験に落第した人達が道を得て神仙になる物語が多く書かれている（「柳毅」や「裴航」などはその典型的な例である）。唐代において、「尋仙訪道」というのがよく小説の中に現れるが、それは反功名第一主義を体現する最適の方法だったのだ。ゆえに、そういう常識を持つ読者も自然にそういうふうに「枕中記」を読んでいたと思われる。

「枕中記」をもとにして作られた元曲「邯鄲記」はさらにその色合いが濃い。「邯鄲記」は本来戯曲であり、一般庶民を主とする観客に容易にわからせ、もっと面白く見せるために、功名富貴をあきらめ、仙道に入るという経緯を増幅補完して語っている。そして、観客にもっと親しませるためであろうか、「枕中記」の呂翁を、よく知られている呂洞賓として語る。呂洞賓は、はじめから盧生を仙道へ導いていくことを意図して、わざわざ茶店で待っていたのだと第一齣においてすでに明示されている。そして、第二十九齣で、盧生は目が醒めて、人生、栄華富貴すべて夢幻しの如しと悟った後、すぐ呂洞賓を師として仰ぎ、彼について、八仙のいる「蓬萊方丈」の島へ行くのである。「邯鄲記」では、「枕中記」の中にすでにあるが、あまり詳しく語っていなかった「尋仙訪道」の部分をさらにはっきりと示している。

「枕中記」と同じく仕途功名の生き方に対して反発的な見方を持っているもう一つの夢物語——「南柯太守伝」も仙道思想からの影響を受けたと思われる。

「南柯太守伝」の主人公淳于棼は夢の中で、二十余年を過したかと思うが、「余將秣餘馬濯足、俟子小瘉而去」より「二客濯足於榻、斜日未隱於西垣」のひとときに過ぎない。目が醒めると、すべての得意も失意も霧のように消えてしまう。

人生、栄華富貴はすべて夢幻しの如く、「南柯」の「浮虚」、「人生」の「倏忽」に感じたので、淳于棼はつい酒色を絶ち、道門に入ったのである。

「南柯太守伝」の作者は李公佐である。『全唐詩』巻八六二に収録されている「李公佐僕詩」(6)に拠れば、彼には神仙になった召使いがいるとのことなので、深く仙道思想の影響を受けたことも十分考えられる。

勿論、人生を短くはかないものと感じるのは、伝来した仏教の影響を受けたためと思われる。

「枕中記」「南柯太守伝」、この二つの夢物語には、仏教思想の影響があることは否定しがたいが、「寵辱之道、窮達之運、得喪之理、死生之情、盡知之矣」（『枕中記』）という「生死」「貴賤」「得失」をすべて超脱した考え、それに「窒吾欲也」（『枕中記』）と「棄絶酒色」（『南柯太守伝』）という無為無欲な生活を理想的な生活だとする考えは本来老荘思想の中にすでにある。(7)

従って、道家思想の流れをくむ道教も情欲を捨て、無欲な生活をするからこそ、長生不老、神仙になれると主張するのである。

「杜子春」の中で杜子春は仙人試験に落第した時、道士に「吾子之心、喜怒哀懼悪慾皆忘矣、所未臻者愛而已」と言われた。すべての人間としての情欲を全部捨ててこそ仙人になれるのである。また「緑翹」の中でも、女童が女道士魚玄機に嫉まれ、さんざんいためつけられて、死にそうになった時、玄機のことを「練師欲求三清長生之道、而未能忘解珮薦枕之歡」と指摘している。魚玄機は長生不老を求めようと「三清」に入ったのに、人間としての情欲を忘れかね、女僮緑翹と自分の恋人と曖昧な関係があると邪推して、彼女をたたき殺す。それで自分も処刑される。ここからわかるのは、緑翹の指摘したことばからも伺えるように、道教も無欲清浄な生活を長生不老を求める理想的な生活だとしていることである。

即ち「枕中記」「南柯太守伝」に示す理想的な生活は実に道家、道教の道を修めることによって至りつく理想的な生活なのである。

この二つの夢物語はともに人生、栄耀栄華ははかないものであるから、功名富貴に執着することはないと語ることにとどまらず、さらに仕途功名を求めるために苦悩、呻吟の深淵に陥る士達を救済しようとし、不老長生を求め得る道教の世界に入ることこそ理想的な道だと言おうとしているのである。功名第一主義の風潮のもとで、読者ばかりでなく作者自身もこの文学の虚構によって、超脱しようとしたのだ。

ここで、『源氏物語』をふりかえてみよう。

前にも述べたが、『源氏物語』には、人間の執念が夢の中で魂を出遊させると語ったところがある。中でも、特に葵の巻における六条御息所の「夢遊」と若菜（上）の巻における紫の上の「夢遊」についてもっとも詳しく書かれている。葵の巻では、六条御息所は恨みの一念によって魂を出遊させ、生霊となって、葵の上をとり殺すが、六条御息所は本来気性の激しい女性だから、苦悶のあまりに、魂が夢の中で「あくが」れて、人に害を加えるのは、また十分に考えられることである。しかし、なぜ『源氏物語』の女主人公で、理想的な女性紫の上の魂までもが夢の中で身を抜け出し、相手の夢枕に現れるのか。一体、作者はこの「夢遊」によって、何を語ろうとするのか。以下筋を追って考察していこう。

若菜の巻では朱雀院が女三の宮の婿を源氏と心に決めた後、女三の宮の乳母の兄が六条院へ朱雀院の意を伝える。はじめは源氏も辞退したが、女三の宮が藤壺の宮の姪であることを思い出した時、昔の、身をやく恋の思い出がよみがえり、胸奥にひそむ好色心も徐々に誘い出される。

色好みはもとより平安貴族の美徳である。『竹取物語』において、かぐや姫に最後まで求婚する五人の貴公子も「色好み」と称された恋の枠人である。女三の宮の乳母も源氏が「色好み」の美徳を持っているから、朱雀院に女三の宮の婿として推奨したのである。しかし、それはある女性達、特にその妻にとって、むしろ悪徳になる。源氏は「色好み」であるがゆえに、紫の上をれっきとした地位に据えながらたえず他の女性に対して関心を持つ。妻としての紫の上の苦悩は容易に想像されよう。藤壺の姪である紫の上はそのおばの面影を持っていたために、ずっと藤壺ゆかりの女性を求め続けていた源氏の目にとまり、源氏はすぐ彼女を藤壺の形代として引き取り、「心のまま」に自分の理想の妻として、教え育てたのである。しかし、紫の上は単に源氏の理想的な妻として生きるのみではなく、源氏に「少しわづらはしき気」があると批評されることからもうかがわれるように、自分なりの個性を持っていた。夫の源氏がしつこく朝顔の君に求婚したとき、彼女は「まめやかに辛し」と思う。決して主体性のない人間ではないから、読者にも何となく親しみを持たせるのである。

紫の上が夫の源氏から女三の宮を正妻として六条院へ迎えることを知らされた時の衝撃はなみなみならぬものがあったであろうが、彼女は心の中の不満を抑え、自分にはかく空より出で来にたるやうなることにて、のがれたまひ難きを、憎げにも聞こえなさじ、わが心に憚りたまひ、諌むることに従ひたまふべき、おのがどちの心より起これる懸想にもあらず。堰かるべき方なきものから、をこがましく思ひむすぼほるるさま

と言い聞かせる。これは「のがれ」られない宿命だから、自分の感情をそのままむき出したら、夫の源氏から憎く思われ、世間の人にも笑われるであろうと自分を説得するのである。このように、「堰かるべき」方法がないと悟り、紫の上はこの過酷な運命を正視し、冷静、慎重に対応していこうと思うが、しかし、その一方で、もしもこのことが継母など自分に敵意を持つ人達の耳に入ったら、「いかにいちじるく思ひあはせたまはん」と気にもする。朝顔の君の事件以来、もう何があっても大丈夫だと、安心しきって、源氏を信じて来たのであったが、結局はこんな目に会ってしまったのだ。紫の上はしだいに夫の愛に幻滅を感じていく。そして、夫が毎晩新妻女三の宮の方へ行くことは、紫の上にとって苦しくて耐えがたいことであった。しかし、それでも気位の高い紫の上は苦渋を心の奥に隠し、表面上は始終理智的に、奥ゆかしく振舞うのである。

男性の手によって書かれる『伊勢物語』の二十三段にもそのような理想的な妻像が描かれている。

幼なじみの男女は、それぞれ成長してから、かねて望み通りの夫婦になる。しかし、何年か

経ってから、男は他の女の方へ行くようになる。

さて、年ごろ経るほどに、女、親なくたよりなくなるまゝに、もろともにいふかひなくてあらんやはとて、かうちの国、高安の郡に、いきかよふ所出できにけり。さりけれど、このもとの女、悪しと思へるけしきもなくて、出しやりければ、おとこ、こと心ありてかゝるにやあらむと思ひうたがひて、前栽の中にかくれゐて、かうちへいぬる顔にて見れば、この女、いとよう仮粧じて、うちながめて、

風吹けば沖つ白浪たつた山夜半にや君がひとりこゆらん

とよみけるをきゝて、限りなくかなしと思ひて、河内へもいかずなりにけり。

夫が浮気した時、嫉妬しないで夫の恨みを買わなければ、やがて、夫も心打たれて、自分のそばに戻って来る。そういう女性こそ理想的な妻であるとされているのである。

一夫多妻で、男性中心の社会においては、女性は常に夫が浮気をしたり、新たに新妻を迎えるという不幸に出会う。それは逃れられない運命でもあった。しかも、そういう時、古妻が嫉妬で騒いだりしたら、世間の人に笑われるだけでかえってみじめになるのである。教養のある女性は日頃そのあたりの教育を受けて来たのであろうし、紫の上も当然そういうことを心得ている。

彼女は徹底的に、内心の不安、苦渋を隠し、何のこだわりもないふりをして、ゆうゆうと振

舞うのである。他の女君らは、「いかに思すらむ。もとより思ひ離れたる人々は、なかなか心やすきを」と慰める。しかし、その人達の見舞のことばには、これまで源氏の愛を独占して来た紫の上の不幸を喜ぶ気持さえみえ、紫の上は同情を寄せてくれる人に対して、かえって余計なことと思う。

かく推しはかる人こそなかなか苦しけれ。世の中もいと常なきものを、などてかさのみは思ひ悩まむ。

気位の高い紫の上は自分があの女達のように夫の愛の厚薄にこだわり苦しんだりはすまいと思う。だが、「世の中もいと常なき」とあるように、実は彼女は今度の女三の宮の降嫁によって男女の情愛のはかなさを痛感させられ、大変「思ひ悩」んでいるのである。
紫の上が男女の愛のはかなさを思い知らされるこの部分は若菜（下）の巻にある紫の上が出家しようとするところの伏線にもなっていると思われる。若菜（下）の巻で、紫の上はひたすら頼りにしていた夫の愛をおぼつかなく感じ人間存在の不測性を強く体得し、世を捨てたく思うが、源氏がそれを許さない。

しかし、紫の上がついに出家しなかったのは源氏が許さなかったことだけに原因があるのではないと思われる。彼女自身が源氏に対する愛着をなかなか断ち切れないことが重要な原因ではなかろうか。それが自分を苦しめるもとにもなり、ついにあっけなく世を去ることになる。

『源氏物語』では、女性が「世の常なき」ことを感じ、思い切って情愛を切り捨て、出家の志をまっとうするのは第三部の「浮舟」になってからのことである。

源氏に対する愛着があるかぎり、紫の上が今度のことで苦悩し続けなければならないのは当然なことであろう。彼女は寝所に入ったが、寂しい独り寝を幾夜も過ごしたのだから、やはり「ただならぬ心地」がする。その苦悩をまぎらわそうとして、源氏の須磨流離を回顧し、その悲別と再会の感動を思い出して、気持を取り直したが、やはり風のあるその夜は、一人寝ではことさら「冷やか」に感ずる。なかなか寝付かれない。だが、「世人に漏りきこえじ」という決意で、周囲に気取られまいとして、ねがえりもしない。それは、やはり「いと苦しげ」なることであり、「夜深き」鶏の声が聞こえて来るのにつけても、「ものあはれ」になり、一晩中寝られなかったのに、本人はそれにさえ気が付かない。夜明けを知らせる鶏の鳴く声を「夜深き」の鳴く声だと思いちがえたのである。

紫式部はこうして、表面にこそ出さないがそのまま、夫の愛を失うのではないかと案じひどく苦悩、煩悶する紫の上の姿をくりかえし強調している。

源氏によって理想的な妻教育を受けて来た紫の上ではあったが、ここにきて、当時の女性としての最大な難関に出会ったのだ。彼女の内心の苦しみは、もはやかつての師（源氏）には忖度できない。その苦悩、煩悶はあまりに強烈である、すでに理性で耐えられる限度を越えていたのであろう。魂は、ついに夢の中で体を抜け出し、思い人源氏のところへ飛ぶのである。このように読んでくると、紫の上の苦悩も一段と鮮明に浮びあがり、何が読者の心をとらえたかがはっきりする。

ところで、もし源氏の好色心が生来のもので、藤壺ゆかりの女性を求め続けることが彼に与えられた運命だとすれば、藤壺の姪である女三の宮を迎えるのも宿世によって決められたことである。その上、紫の上は源氏に対する愛着を断ち切れないのだから、必然的に苦悩を味わわされることになる。もっとも人間として生まれたならば、誰でも七情六欲を持つもので、まして紫の上にとって、源氏は長年深く愛し、且つ信頼していた夫であるから、彼に対する愛執をたやすく切り捨てられないのは、当然なことである。

紫の上が女三の宮の降嫁によって、深く苦悩、煩悶するのは、「のがれ」られない宿命だったのだと言えよう。

作者はこの「夢遊」の語りによって、平安女性（特に教養の高い、理想的な女性）が理想と現実との乖離と落差を否応なく味わわさるという、いわば、宿世によって定められたあわれな姿を浮彫にしたのである。

平安時代の「宮仕え」女である式部は当時の社会に生きる女性（特に教養の高い女性）の共通の悩みをよく知っている。従って、式部はまた、女性を慰める物語によって、不可知、不可避な運命に襲われ、人間存在の不測と欠如を味わわされたあわれな人間像を浮彫にし、読者との「連帯」と「共感」を求めたのである。

「夢遊」を題材とする両国の虚構物語、特に「枕中記」「南柯太守伝」と『源氏物語』の理想的な女性紫の上の「夢遊」を中心として見ると、両者はともに現実に不足と欠如を感じ、文学に救済の道を求めたものといえる。だが中国においては、人生、栄耀栄華のはかなきが説かれ、長生不老を求める道教の世界に入ることこそ理想的な道だと語られたのに対して、『源氏物語』では、人間存在の不測と欠如を味わわされた教養ある女性のあわれな人間像が語られたのである。

終わりに

以上、同じ「夢遊」を題材とする中国と日本両国のつくり物語を対比して来た。中国においては、新奇を好む読者の興味を満足させるために、一般に「奇」を強調する傾向がある。しかし、特に「枕中記」と「南柯太守伝」、この二つの夢物語では「奇」なる衣をまとうばかりでなく、さらに人生、栄耀栄華のはかなさを説き、長寿不老を求める道教の世界に入ることこそ理想的な道だとしている。それに対して、日本の『源氏物語』においては、「夢遊」は夢見る人の心理状態と深くかかわっている。特に理想的な女性で、ヒロインである紫の上の「夢遊」に焦点をあててみると、宿世によって、運命付けられた平安女性（特に教養ある女性）のあわれな姿を浮彫にしようという作者の意図が見えてくる。そこに人間存在の不測と欠如への深い洞察があることは言うまでもない。

注

（1）ここに言う「夢遊」は『太平広記』で夢の分類に用いられた語を借りたものである。『太平広記』では夢を夢休徴（吉夢）夢咎徴（凶夢）鬼神（鬼神と語り合う夢）、夢遊（夢の中で魂が出遊する類）の四種類に分けている。

（2）日中両国の早期の文学『文選』や『万葉集』などには、すでに「夢遊」の原型が現れている（拙論「日中両国の文学における夢——通念上の夢との交渉」）が、これらの夢はまだ素朴なもので、日本では平安朝、中国では唐になってから、文学者達がはじめて積極的に夢想力を働かせ、意欲的に「夢遊」物語を創造するようになったと言える。

（3）この夢物語は常夏の巻でも言及されている。

（4）南朝では「九品中正」、北朝では「九品官人」という。趙翼の「二十二史箚記」（世界書局、中華民国51年）は、これについて詳しく述べている。それに村上哲見の「科挙の話」の37頁でもこのことが論じられている。

（5）『続百川学海』の中に収録されている劉餗撰録の「隋唐嘉話」（新興書局、民国59年11月）

に拠る。

（6）『正統道蔵』第十八冊の中にある杜光庭の「神仙感遇傳」巻三（新文豊出版公司、民国74年12月）参照。

（7）『道徳経』（老子）に

五色令人目盲、五音令人耳聾、五味令人口爽。（十二章）

無欲以靜、天下將自定。（三十七章）

とある。『荘子』の中にも、

古之畜天下者、無欲而天下足。無為而萬物化。淵靜而百姓定。（天地篇）

不利貨財、不近貴富。不樂壽、不哀夭。不榮通、不醜窮。不拘一世之利、以為己私分。不以王天下為己處顯。顯則明。萬物一府、死生同狀。（天地篇）

とある。無為無欲を理想的な生活だとしている。

『源氏物語』と唐代伝奇の〈型〉
——直接的受容と間接的受容

仁平道明

はじめに

斎藤拙堂はその著『拙堂文話』で『源氏物語』と六朝小説および唐代の伝奇等との関係について次のように述べている。

源氏物語、其体本南華寓言、其説閨情蓋従漢武内伝・飛燕外伝及唐人長恨歌伝・霍小玉伝諸篇得来。（巻一）

『源氏物語』は、構造・方法は『荘子』の影響を受けたものであり、またそこに描かれた恋愛の話は「漢武内伝」「飛燕外伝」、あるいは唐代の「長恨歌伝」「霍小玉伝」等から影響を受けている、というのである。漢代に偽託されてはいるが実際は六朝時代の成立と考えられる六朝小説「漢武内伝」「飛燕外伝」、唐代の「長恨歌伝」「霍小玉伝」等の影響を説いたものとして注目される発言であるが、ただ、拙堂はその根拠については詳しく述べてはいない。その後近代に入って、拙堂が説いた『源氏物語』への唐代伝奇の影響についてさまざまな見解が提示されているが、近年は、『白氏文集』に付載される「長恨歌伝」(『太平広記』では「長恨伝」。／唐代伝奇に分類すべきものかどうか判断が分かれる。)や、またはやく『河海抄』にその少なからぬ例が引用されていて研究者の多くが影響関係を認めている「遊仙窟」に限らず、そのほかの唐代伝奇の諸作品についても、『源氏物語』における受容、影響を肯定する見解が多くなってきているように思われる。

たとえば、この問題について昭和二、三十年代からくり返し発言している川口久雄氏は、次に引くように、唐代伝奇からの直接の影響の可能性について、はじめは否定的な見方をしていたものが、その影響を認める立場に変わっている。『源氏物語』と唐代伝奇との関係についての見方の変化を川口氏の見解は典型的なかたちで示していると言えようか。

　これら唐代伝奇小説のうち、当時わが国に舶載されていたということが明らかに知られるものは遊仙窟一篇だけであって、来ていたであろうと推定せられるものは任氏伝と長恨歌伝あたりにとどまる。しかし伝奇というものは文言小説ではあるが、伝統的な書籍の概念からはみだしたもの、なかでも市井の人情を主題としている前掲の諸伝奇は唐志類や日本見在書目にも著録されにくい性質のもの、従って舶載され愛読されていたにしても、官僚文人たちが正式の記録にのこしたりすることは当然憚られたに違いない。元白に対する承和以来のわが詩人の傾倒ぶりから類推して、彼等のグループが作った「会真記」（「鶯々伝」とも。元稹作。但しこれは源氏とあまり関係を見出しえない）や「李娃伝」（白行簡作）が、白楽天の任氏行や長恨歌が愛好せられたように愛好せられなかったとは考えられないように思う。もちろん前掲の諸伝奇を源氏の作者が見たということはとうてい言えないのであるが、何らか九世紀以来のわが文人社会の間に行われ、それらのつみかさなりとうけつぎにおいて、それらの影響が間接的にあらわれることは十分考えられると思うのである。(1)

（『平安朝日本漢文学史の研究　中篇』）

日記で告白するように紫式部は幼時すでに史記を暗誦しえた。青春の日は、外国に開けた敦賀津のある越前の国の国守の娘として任地に生活した。出仕しては、権力者の娘たる后妃に、事もあろうに白居易の風喩精神の精華たる『新楽府』をチューターとして進講した。彼女は冷たいリアリティをきらった。『日本紀』を「ただかたそばぞかし」と認識したのは、冷やかな歴史的事実のモノクロマチックな叙述をきらうと同時に、はげしく人間存在の問題を問いかけた古文の精華『史記』を読んでいたからこそであろう。彼女はほのかなロマンの香気をこそ愛した。帝王の后妃や愛人の物語に関心を示したのも、単なる歴史的事件を好んだのでなく、そこに人間の、恋愛の真実と愁えとをみたからであろう。

楊貴妃や趙后飛燕の伝奇、王昭君や李夫人の物語、さらには上陽人や陵園妾のうた物語だけでなく、帝王にかかわる世界を離れた市井の人々、崔鶯々や十娘や李娃や霍小玉といったいさぎよく美しい町の女性たちの恋物語をも、もし手に入ったとしたら、愛したにちがいない（中略）。帝王の悲恋の相手だけでなく、街の住人の身の上を虚構的に叙述して、人間存在にかかわる問題を散文をもって考えようとした伝奇文芸の意識の方向は、正しく藤壺女御や桐壺更衣だけでなく夕顔や浮舟のような人間像を造型しえた紫式部の文芸意識の方向に一致するのではなかろうか。こうした視点に立つと、紫式部は飛燕や楊貴妃の伝奇だけでなく、小玉や李娃といった伝奇世界の人間や人間描写をもあるいはつかんでいたのではないかと思う(2)。

（「漢文伝奇と平安文学」）

このように川口氏の発言は、唐代伝奇の諸作品の『源氏物語』への影響について、否定的な見方から影響の可能性を肯定する方向に変わっている。はじめ川口氏は、『平安朝日本漢文学史の研究　中篇』では、前掲の引用前の部分で、唐代伝奇の諸作品、すなわち『拙堂文話』が指摘する蒋防の撰になる「霍小玉伝」、沈既済の「任氏伝」、陳鴻の「長恨歌伝」、李朝威の「楊毅伝」、常沂の撰になる「霊鬼志」、孟棨の「本事詩」（この「情感第一」に、許尭佐の撰になる唐代伝奇「柳氏伝」とほぼ同じ内容の記事がある）を挙げ、それぞれ『源氏物語』と関わる可能性がある箇所を指摘した後で、引用したように「前掲の諸伝奇を源氏の作者が見たということはとうてい言えないのである」と唐代伝奇の諸作品の『源氏物語』への直接的な影響を強く否定し、「何らか九世紀以来のわが文人社会の間に行われ、それらのつみかさなりとうけつぎにおいて、それから影響が間接的にあらわれることは十分考えられると思うのである。」として、その影響と見えるものが、間接的なものだったとしていた。ところがその後の論「漢文伝奇と平安文学」では、「崔鶯々や十娘や李娃や霍小玉といったいさぎよく美しい町の女性たちの恋物語をも、もし手に入ったとしたら、愛したにちがいない」ということを前提としながらも、「紫式部は飛燕や楊貴妃の伝奇だけでなく、小玉や李娃といった伝奇世界の人間や人間描写をもあるいはつかんでいたのではないかと思う」として、その影響の可能性を考える表現になっていっている。

また六朝小説の影響についても、それ以前の『日本文学研究』掲載の論「『源氏物語』における中国伝奇小説の影―『飛燕外伝』『飛燕遺事』『趙后遺事』を中心として―」(3)において、「飛燕外伝」「飛燕遺事」「趙后遺事」等との関係について、

受領の娘たる一九歳前後の彼女はほとんど青春の情熱を傾けて、中国文学古典――「真名のことごとしき書」をよみふけり、ことに孝標の女が東国で源氏に憧れたように、ひねもす書斎にこもって中国の美しく艶冶な后妃の伝記類、閨情におう伝奇類をむさぼりよんだのではないか。あるいはボストンの漢画図録にみられるような六朝から唐にかけての美し

い舞姫の図巻なども目に触れたのではなかったか。あるいは越前の敦賀に入港する宋船の積荷の中に最近中国の大衆の間にもてはやされる楊貴妃や李夫人の絵物語などにまじって飛燕皇后の画入りの伝奇といったものがもたらされ、当時越前守として渉外的外交的事務にもたずさわった父親の手から紫式部の手にもたらされたか、あるいは入内後彰子皇后に侍しつつ、宮中の文庫あたりにあったそうした中国の読物をみたり、屏風絵に描かれた唐絵の飛燕舞戯図といったものを見たのではなかったか。

として、「想像」のレベルとことわりながらも、その影響の可能性を主張している。

その中で唐代伝奇について、「源氏の作者が見たということはとうてい言えない」と否定し、その影響が他のものを媒介とした間接的なものではないか、としていた川口氏が、唐代伝奇等の直接の影響の可能性を考える見方に転じた理由は明らかではないが、あるいはそれは、『源氏物語』と唐代伝奇との関係についての論、両者の相似、類似を目にすることが増えていったためであるかもしれない。

ただ、川口氏の見解に限られることではないが、『源氏物語』における唐代伝奇の影響を説く従来の見解は、絵合巻・蜻蛉巻における「遊仙窟」の受容のような例をのぞけば、必ずしも客観的な根拠として納得できるものを明らかに提示したものばかりとは言いがたく、問題がないわけではないように思われる。

小論では、従来唐代伝奇の影響とされ指摘されてきたものが、どれほどの根拠をもつものなのか見直し、川口氏がかつて考えた「それらのつみかさなりとうけつぎにおいて、それから影響が間接的にあらわれる」という径路の可能性をあらためて考えてみたいと思う。

一 「遊仙窟」の受容

唐代伝奇の諸作品の中で『源氏物語』との関係が考えられるものとしてまず挙げられるものといえば「遊仙窟」であろう。だが、多くの研究者が疑問の余地なくその影響を言っている[4]ようにみえる「遊仙窟」も、『源氏物語』との直接的なつながり、『源氏物語』が「遊仙窟」を受容していることを示す確実な例は、絵合巻と蜻蛉巻の例を除けば、それほどあるわけではない。

そもそも、『奥入』が蜻蛉巻に「遊仙窟」を引くのに次いで、はやく『源氏物語』と「遊仙窟」との関係を多くの例について指摘したものとされる『河海抄』の場合も、『河海抄』が「遊仙窟」を引くのは、絵合巻と蜻蛉巻の指摘を除いて、そのほとんどの場合は「遊仙窟」の影響を説こうとしてのことではなかったのではないか。

『河海抄』[5]で「遊仙窟」を引くのは約五〇箇所にも及ぶ。しかしながらそのほとんどは『源氏物語』の設定や表現が「遊仙窟」を踏まえたものだとして引いているわけではない。「遊仙窟」を引く初例――桐壺巻の「あめのした」に「遊仙窟」の「天表」を付訓「アメノウチ」とともに引くのも、またその後の「あちきなう」に『史記』『古語拾遺』の「無為」の付訓「アチキナシ」等を引く例の中に「遊仙窟」の「無事」の付訓「アチキナシ」を挙げ、さらにその後の「めつらかなるちこの御かほかたちなり」に「老子徳経」の「法物」の付訓「メツラシキモノ」とともに「遊仙窟」の「珎奇」の付訓「メツラカニアヤシ」、「非常」の付訓「メツラシク」を挙げるのも、別に「遊仙窟」の影響を説こうとするものではない。その後の「遊仙窟」の例の引用も、「料理（付訓「シツラヒ」）」（帚木巻）、「主人妻」（付訓「イエトウシ」）」（同）、「舌出（付訓「ヒソム」）」（同）、「領許（付訓「ウナツク」）」（同）、「可愛（付訓「メテタシ」）」（夕顔巻）、「向来（付訓「タ、イマ」）」（若紫巻）、「愛色（付訓「ウツクシ」）」（同）、「細々許（付訓「サ、ヤカ」）（真木柱巻）、「愴恨」（付訓「ウラメシウシテ」）」（藤裏葉巻）、「辞（付訓「イナフ」）」（若菜下巻）、「傍人（付訓「ヲノコトモ」）」（竹河巻）、「人流（付訓「ヒトカス」）」（宿木巻）などのように、『源氏物語』の表現、言葉の理解をたすけるために、付訓に同様のものがある言葉（漢語）を示したり、「このもかのも」（夕顔巻）に「遊仙窟に両辺をこなたかなたとよめり」と注して語義の理解のたすけにしているものでしかない。『源氏物語』の「人やりならぬむねこかるゝ夕もあらむと」（帚木巻）に引かれた「千思千腸熱一念一心焦」（付訓「チタヒ（おも）ヒテチ、ノ（はらわ）タアツシ（ひとた）ヒ（おも）ヒ（ひとた）ヒムネコカル」）のような少し長い引用も『古今和歌集』

『後撰和歌集』『本朝文粋』等の表現とともに「むねこがる」の例をその付訓によって示しているものでしかないし、東屋巻の「いはきならねば」に引かれる「遊仙窟」の「心非木石」も『白氏文集』の「人非木石皆有情」のおまけで引かれているにすぎない（蜻蛉巻の「人木石にあらされはみななさけありとうちすしてふし給へり」にも、その背景にあることが明らかな『白氏文集』の引用の後に「遊仙窟」の表現が引かれている）。

その中で、明らかに「遊仙窟」の影響、「遊仙窟」の設定と表現を踏まえていることを指摘していると思われる例は、既に『奥入』が「遊仙窟」を引いて『源氏物語』の背景にその表現があったことを指摘し、その後、諸注、近代以後の研究において両者の影響関係を言うときに引用されてきた、次のような蜻蛉巻の例（『河海抄』の付訓省略）と、後で示す絵合巻の例である。

まず蜻蛉巻については、『河海抄』は次のような注を付けている。

なとねたましかほにかきならし給との給に

故々将織手時々弄小絃耳聞猶気絶眼見若為憐（付訓省略）　遊仙窟

にるへきこのかみや侍へきとていらふるこゑ中将のおもと、かいひしなりけりまろこそおほんは、かたのおちなれと

容貌似舅潘安仁之外甥気調如兄崔季桂之小妹　同

ここで問題になっている『源氏物語』蜻蛉巻[6]における、

例の、西の渡殿を、ありしにならひて、わざとおはしたるもあやし。姫君、夜はあなたに渡らせたまひければ、人々月見るとて、この渡殿にうちとけて物語するほどなりけり。箏の琴いとなつかしう弾きすさむ爪音をかしう聞こゆ。思ひかけぬに寄りおはして、「などかくねたまし顔に掻き鳴らしたまふ」とのたまふに、みなおどろかるべかめれど、すこしあげたる簾うちおろしもせず、起き上がりて、「似るべき兄やははべるべき」と答ふる声、中将のおもとゝか言ひつるなりけり。「まろこそ御母方のをぢなれ」と、はかなきことをのたまひて、（中略）など、あぢきなく問ひたまふ。

という表現は、『奥入』[7]『河海抄』が指摘するように「遊仙窟」の表現を踏まえたものとみてよいだろう。『紫式部日記』にも、

左衛門の督、「あなかしこ、このわたりにわかむらさきやさぶらふ」と、うかがひたまふ。源氏に似るべき人も見えたまはぬに、かの上は、まいていかでものしたまはむと、聞きゐたり。

という御五十日の祝いのくだり（寛弘五年十一月一日）で「遊仙窟」とは別の漢籍に見える即妙のやりとりの表現を踏まえて書いている[8]という例があり、気の利いたやりとりの背景に漢籍の表現を想起させるという手法は紫式部お得意のものだったのであり、『源氏物語』蜻蛉巻でも

「遊仙窟」の表現を踏まえて薫たちのやりとりを書いたということは十分に考えられることである。『奥入』『河海抄』等の見方は妥当なものというべきだろう。

また、絵合巻の表現について『河海抄』が、

ふてとるみちとこうつこと、こそあやしく玉しゐのほとみゆるをふかきらうなくみゆるおれ物も(9)

遊仙窟云囲碁出於智慧

とする例も、蜻蛉巻の注のと同じく、『源氏物語』の表現が「遊仙窟」のそれを踏まえていることを指摘するものとみてよいものであろう。なお、『源氏物語』絵合巻の「こうつこと」(碁打つこと)と並べられ、「玉しゐのほとみゆる」ものとされている「ふてとるみち」(筆とるみち)の部分も、『河海抄』では指摘していないが、「遊仙窟」に、

請索筆硯、抄写於情袖。抄詩訖、十娘弄曰、少府公非但詞句断絶、亦自能書。筆似青鸞、人同白鶴。(10)

とある、書からすぐれた人柄が見てとれることをいう表現を踏まえているものとみるべきだろう。

『源氏物語』における「遊仙窟」の受容は明らかである。ただ、そのような絵合巻・蜻蛉巻の例をのぞけば、「遊仙窟」との直接的な関わりを考えるべき例は、前掲したように、それほ

ど多くはないのではないか。

ところが例えば近代の論で『源氏物語』と「遊仙窟」との関わりを具体的に両者が照応する例を挙げて説いたものとして引用されることが多い丸山キヨ子氏の『源氏物語と白氏文集』[11]では、『河海抄』等の指摘を承け、さらにその範囲を拡大して、両者の関係を考えている。すなわち丸山氏は、

私は以上のものとは別に、物語の場面に、遊仙窟がヒントを与へてゐるのではないかと思はれるところを指摘してみたい。（中略）遊仙窟がヒントを与へてゐるのではないかと思はれるところは二つある。わかむらさきの巻、北山における源氏君の垣間見、はしひめの巻、宇治の山荘における垣間見の場面である。（中略）かいまみた女性が複数であること、それは祖母の尼と孫娘といふ変貌をとげてゐるが、五嫂と十娘との間にも優劣はないながら後見するものとされるものとの区別がうつすらとつけられてゐることで納得がいかう。同じやうな事がはし姫の巻の宇治の山荘における薫の垣間見の場面にも考へられる。

として、『源氏物語』の若紫巻の垣間見、橋姫巻の垣間見の場面が、「遊仙窟」における兄嫁の五嫂と義妹の十娘と主人公との出会いの場面と設定を背景とするものだと主張するのである。だが、若紫巻の垣間見は、丸山氏自身も「北山の垣間見には更に別の先行作品が想定される。屢々源氏の口にのぼる「若草」がそれを示唆してゐるやうに伊勢物語のうひかうぶりの段であ

る」と述べ、また古くから「遊仙窟」の影響が指摘されている『伊勢物語』初段との関係を考えるべきものだろうし、また橋姫巻と「遊仙窟」の場面とは、大君・中の君姉妹と五嫂・十娘の義姉妹との出会い、すなわち姉妹との出会いという点で共通するところはあっても、その前後の展開を考えても、両者の引用関係があってそれが意義をもつものだとは考えにくく、両者を結び付けて考えるのには無理があるのと言わざるをえない。丸山氏も、

以上のやうに見てくると、北山の描写は、一度伊勢物語のうひかうぶりの段を通しての発想になるゆゑに、間接的である。それは源氏物語の作者がその時までに遊仙窟を見てゐなかつたといふのではなく、むしろうひかうぶりの段が遊仙窟からの脱化であることを承知の上で、それゆゑに遊仙窟そのものをも踏まへながら、変容の手を加へたものであらうと思はれる。女はらからを、祖母の尼と孫娘に変へてゆくへをくらましてゐるあたりなど相当なものである。一度そのやうな変容が試みられた後で、宇治の姫君達は、安んじて姉妹として押出されて来たのであらう。

と、「間接的」と言っているように、「遊仙窟」による影響が考えられる『伊勢物語』初段から『源氏物語』へという径路を考えるのが自然であることは言うまでもない。それとは距離がある「遊仙窟」をさらにその向こうに意識すべきだと考える必要はない。

『源氏物語』における「遊仙窟」の受容は明らかである。しかしながらその関係は、『奥入』

『河海抄』が指摘する範囲をこえて、無理を重ねて拡大して考えるべきものではないだろう。『源氏物語』における「遊仙窟」を含めた唐代伝奇の〝直接的な〟受容は、言われるほどに大きくなかったのではないか。

二　唐代伝奇の直接的受容と間接的受容

「遊仙窟」以外の唐代伝奇の諸作品と『源氏物語』との関係については、前掲した川口久雄氏の論の他にも多くの論があるが、いまその代表的なものを挙げれば、左のようなものがある。

（※印を付して、その論が説く影響関係の内容を示した。）

○新間一美「もう一人の夕顔―帚木三帖と任氏の物語―」（中古文学研究会編『源氏物語の人物と構造』昭和五十七年五月）

※「任氏伝」「任氏行」→帚木巻・空蝉巻・夕顔巻

○田中隆昭「源氏物語と歴史と伝奇―中国史書類伝奇類とのかかわりから―」（『源氏物語の探究』第十四輯、平成元年九月）

※（「長恨歌伝」と六朝の「漢武故事」による長編化の方法について述べる。）

○田中隆昭「源氏物語と唐代伝奇」（『源氏物語とその周辺』、平成三年十一月）

※「任氏伝」→夕顔巻（「霍小玉伝」「離魂記」の『源氏物語』のもののけへの影響にふれる。）

○高田祐彦「源氏物語と唐代伝奇―空蟬の物語をめぐって―」（和漢比較文学叢書第十二巻『源氏物語と漢文学』平成五年十月）

※「任氏伝」→空蟬巻

○郭潔梅「源氏物語と唐代の伝奇小説―夕顔・末摘花・六条御息所・浮舟物語と霍小玉伝」（『甲南国文』第四十三号／平成八年三月）

※「霍小玉伝」→帚木三帖・東屋・浮舟巻

○郭潔梅「帚木三帖の成立と唐代小説鶯鶯伝・任氏伝との関係」（『甲南国文』第四十五号／平成十年三月）

※「鶯鶯伝」「任氏伝」→帚木三帖

○新間一美「源氏物語花宴巻と「鶯鶯伝」―朧月の系譜」（『白居易研究年報』第九号、平成二十年十月）

※「鶯鶯伝」→花宴巻。

○新間一美「源氏物語と唐代伝奇―基層としての遊仙窟」（『和漢比較文学』第四十四号、平成二十二年二月）

※「鶯鶯伝」→花宴巻

○日向一雅「明石の君の物語と『鶯鶯伝』」（仁平道明編『源氏物語と東アジア』平成二十二年九月）

※「鶯鶯伝」↓花宴巻

○日向一雅「『本事詩』の注釈と平安鎌倉文学における『本事詩』受容の研究」（『明治大学人文科学研究所紀要』平成二十三年三月）

※『本事詩』↓帚木巻

ただ、これらの論のすべてが『源氏物語』における唐代伝奇の受容について、設定・表現の類似・相似以外に、必ずしも明確な根拠を示して主張しているわけではない。『奥入』『河海抄』が示した絵合巻・蜻蛉巻との関わりのような、限定的な、またそれゆえに両者の関係が見やすいかたちで示される言葉のやりとりのような具体的なものとは異なり、これらの論は、やや範囲の広い〝設定〟のレベルで論じているものが少なくないのだが、それだけにその根拠がやや具体性を欠くように思われる場合もないではない。〝設定〟〝構想〟というようなものへの影響を、類似・相似によってそれを証しようとするときは必然的におわされることになる困難さではあるが、直接の関係をうごかないかたちで示すことが簡単ではないことは否めない。

加えて、両者を媒介する第三の作品が存在する場合、その直接的な関係を論証することがさらに困難になるように思われる。

例えば『源氏物語』における唐代伝奇の受容に関する一連の研究を発表している新間一美氏も、氏の『源氏物語』と唐代伝奇との比較研究の最初の論文である「もう一人の夕顔—帚木三帖と任氏の物語—」において、「任氏伝」と帚木三帖との比較をするにあたって、

源氏物語に影響を与えたと考えられる狐説話の一つとして、すでに先学によって言及されている作品に、唐の沈既済作の伝奇小説「任氏伝」がある。この作品の日本渡来は確実ではないが、その内容を韻文化したであろうと推測される白居易の「任氏（怨歌）行」は確実に渡来し、わが国人に読まれていたことが太田晶二郎氏によって論ぜられている。

とした上で、「任氏伝」と帚木三帖の設定・表現との詳細な比較を行い、「以上比較して来たように、任氏の物語と帚木三帖とは深い関わりを持つと考えられる」とし、さらに、「「任氏（怨歌）行」の主題はどのように帚木三帖に反映しているであろうか」と、「「任氏（怨歌）行」と比較して、その主題について考察している。そして「任氏伝」と帚木三帖との関係をどう考えるのかという結論については、「もしわが国に「任氏伝」が渡来していたならば、「任氏行」とともに読まれ、右の諸例や源氏物語にも何らかの影響を与えたと思われる。」とされながらも、「任氏の物語と帚木三帖とは深い関わりを持つと考えられる」として、「任氏伝」ではなく「任氏の物語」という微妙な表現をしているところに、ある考えがあるようにも思えなくもない。あるいはこの時点で、受容がほぼ確実な「任氏行」の存在がありながら「任氏伝」そのものを

受容したと言い切るための十分な根拠を必ずしも提示しえないことに由因するためらいのようなものがあったのかもしれない。

類似・相似によってその関係を考えるときに宿命的につきまとう問題だが、新間氏のこの論に限らず、『源氏物語』と「遊仙窟」以外の唐代伝奇との関係について論じる諸氏の論には、類似・相似というものの持つ、ある曖昧さ、そして類似・相似点を持つ第三の作品が存在する場合に、両者の直接の関係を確認する手続きの困難さがあることは、あらためて言うまでもない。

また、その場合、直接の関係ではなく第三者を媒介としているという可能性は、小さいものとして考えるべきではないのかもしれない。特に『伊勢物語』の場合は、『源氏物語』に大きく影響した作品であるだけに、『伊勢物語』と『源氏物語』との類似・相似が直接的なものである可能性をまず考えてみるべきなのではないか。

新間一美氏も最近の論「源氏物語花宴巻と「鶯鶯伝」—朧月の系譜」で、

これらの類似は、紫式部がこの場面を書くときに、大いに「鶯鶯伝」を参考にしたことを示すものと思う。式部は、伊勢物語第六十九段が「鶯鶯伝」に基づいて書かれていることを知った上で、「鶯鶯伝」を利用して花宴巻を書いたと思われるが、「月」を利用することについては、はるかに積極的であった。

として、『伊勢物語』にあった「鶯鶯伝」の受容を意識しながら紫式部が『源氏物語』でもまた「鶯鶯伝」を引用し展開させているという、単純ではない径路を考えているが、『源氏物語』創作に直接影響したテクストとして「鶯鶯伝」を想定するのではなく、『伊勢物語』が受容したテクストが「鶯鶯伝」であり、『源氏物語』はそれを『伊勢物語』を通して間接的に受容したと考えるべき可能性を検討してもよいのではないか。前にふれた、丸山キヨ子氏が『源氏物語』若紫巻・橋姫巻の垣間見の場面が「遊仙窟」の五嫂・十娘との出会いを背景とするものだという説についても、「遊仙窟」ではなく、それを背景としている可能性が考えられる『伊勢物語』初段を直接的には意識していると考えるべきなのだろう。

このような、唐代伝奇そのもの、またはその〈型〉が、『源氏物語』以前の文芸にとりいれられ、それを『源氏物語』が受容しているために、『源氏物語』が唐代伝奇そのものを受容しているようにも見える場合も、あるのではないか。

なお、『伊勢物語』初段の場合について言えば、「『伊勢物語』初段考―物語のはじまりと唐代伝奇―」と題した拙稿(12)で、

『李娃伝』の「弱冠」の貴公子と初段の「初冠」したばかりの貴公子(中略)。ともに「成人」したばかりの貴公子の、住んでいた地から都あるいは旧都への旅行。思いがけぬ美女との遭遇。しかも、「はらから」と侍女という違いはあるものの、女は一人でいたのでは

ない。世なれぬ若い男の惑乱。そのとき男は共に馬に乗っていた。馬という詞を出さない『伊勢物語』の場合も、狩に行った男が徒歩で出かけたはずもない。『李娃伝』のわざと鞭を落として女に気持ちを伝えようとする男と、『伊勢物語』初段の狩衣のすそを切って歌を書き付け思いを伝えようとする男。（中略）なお、「型」ということでいえば、具体的な設定は異なる点も多いものの、二十で進士にぬきんでられ、さらに試に応じるために翌年都に行った李生が美女とめぐりあうことから物語がはじまる、同じ唐代の小説『霍小玉伝』は、一つの「型」の存在をおもわせる。『伊勢物語』初段への『李娃伝』の直接的な影響を確認するためにはさらに検証の手続きが必要となろうが、『李娃伝』等に見られるそのような「型」と初段の関係についてはその可能性を考えるべきであろう。

と述べたように、唐代伝奇「李娃伝」のはじまりの部分、また「霍小玉伝」あるいはそこにみられる〈型〉は、『伊勢物語』の初段の設定と重なってくる。

そのような唐代伝奇の〈型〉によって書かれた『伊勢物語』を受容した『源氏物語』は、間接的にその〈型〉をとり入れることになる。従来、『伊勢物語』の向こうに唐代伝奇を見ながらもその唐代伝奇と『源氏物語』を直結させて考えようとした説についても、その間接的な影響の径路の可能性を過小評価することなく、あらためて検証しなおす必要があるのではないか。

三　唐代伝奇に流れる〈型〉

間接的影響という問題に関連して、〈型〉の影響というものが、『源氏物語』とそれにとり入れられた平安時代の作品だけではなく、そのはるか以前に設立した〈作品〉にも見られるということを付言しておきたい。

時間の前後関係からして唐代伝奇そのものではあるはずはないが、それに見られる〈型〉——唐代伝奇に流れている〈型〉が、唐代伝奇招来以前に成立した『古事記』『日本書紀』の話にとり入れられていると考えられる例である。

於是、天津日高日子番能邇々芸能命、於笠沙御前、遇麗美人。爾、問、誰女。答白之、大山津見神之女、名神阿多都比売、此神名以音。亦名、謂木花之佐久夜毘売。此五字以音。又、問、有汝之兄弟乎。答白、我姉、石長比売在也。爾、詔、吾、欲目合汝。奈何。答白、僕、不得白。僕父大山津見神、将白。故、乞遣其父大山津見神之時、大歓喜而、副其姉石長比売、令持百取机代之物、奉出。故爾、其姉者、因甚凶醜、見畏而返送、唯留其弟木花之佐久夜毘売以、一宿、為婚。

爾、大山津見神、因返石長比売而、大恥、白送言、我之女二並立奉由者、使石長比売者、天神御子之命、雖雪零風吹、恒如石而、常堅不動坐、亦、使木花之佐久夜比売者、如木花之栄々坐宇気比弖、自宇下四字以音。貢進。此、令返石長比売而、独留木花之佐久夜毘売故、天神御子之御寿者、木花之阿摩比能微此五字以音。坐。故是以、至于今、天皇命等之御命、不長也。

　是に、天津日高日子番能邇々芸能命、笠沙の御前にして、麗しき美人に遇ひき。爾くして、問ひしく、「誰が女ぞ」ととひしに、答へて白ししく、「大山津見神の女、名は神阿多都比売、亦の名は、木花之佐久夜毘売と謂ふ」とまをしき。又、問ひしく、「汝が兄弟有りや」ととひしに、答へて白ししく、「我が姉、石長比売在り」とまをしき。爾くして、詔ひしく、「吾、汝と目合はむと欲ふ。奈何に」とのりたまひしに、答へて白ししく、「僕は、白すこと得ず。僕が父大山津見神、白さむ」とまをしき。故、其の父大山津見神に乞ひに遣りし時に、大きに歓喜びて、其の姉石長比売を副へ、百取の机代の物を持たしめて、奉り出だしき。故爾くして、其の姉は、甚凶醜きに因りて、見畏みて返し送り、唯に其の弟木花之佐久夜毘売のみを留めて、一宿、婚を為き。

　爾くして、大山津見神、石長比売を返ししに因りて、大きに恥ぢ、白し送りて言ひしく、「我が女二並に立て奉りし由は、石長比売を使はば、天つ神御子の命は、雪零り風吹くとも、恒に石の如くして、常に堅に動かず坐さむ、亦、木花之佐久夜比売を使はば、木の花の栄ゆるが如く栄え坐さむとうけひて、貢進りき。此く、石長比売を返らしめて、独り木花之佐久夜毘売のみを留むるが故に、天つ神御子の御寿は、木の花のあまひのみ坐さむ」といひき。故是を以て、今に至るまで、天皇命等の御命は、長くあらぬぞ。(13)

(『古事記』上巻)

故天津彦火瓊瓊杵尊降到於日向槵日高千穂之峰、而膂宍胸副国自頓丘覓国行去、立於浮渚在平地、乃召国主事勝国勝長狭而訪之。対曰、是有国也。取捨随勅。時皇孫因立宮殿、是焉遊息。後遊幸海浜、見一美人。皇孫問曰、汝是誰之子耶。対曰、妾是大山祇神之子、名神吾田鹿葦津姫、亦名木花開耶姫。因白、亦吾姉磐長姫在。皇孫曰、吾欲以汝為妻。如之何。対曰、妾父大山祇神在。請、以垂問。皇孫因謂大山祇神曰、吾見汝之女子。欲以為妻。於是大山祇神乃使二女持百机飲食奉進。時皇孫謂姉為醜、不御而罷、妹有国色、引而幸之。則一夜有身。故磐長姫、大慙而詛之曰、仮使天孫、不斥妾而御者、生児永寿、有如磐石之常存。今既不然、唯弟独見御。故其生児必如木花之移落。一云、磐長姫恥恨而唾泣之曰、顕見蒼生者如木花之俄遷転当衰去矣。此世人短折之縁也。

故、天津彦火瓊瓊杵尊、日向の槵日の高千穂峰に降到りまして、膂宍の胸副国を頓丘より覓国ぎ行去り、浮渚在平地に立たし、乃ち国主事勝国勝長狭を召して訪ひたまふ。対へて曰さく、「是に国有り。取捨勅の随に」とまをす。時に皇孫、因りて宮殿を立て、是焉に遊息みます。後に海浜に遊幸し、一美人を見す。皇孫問ひて曰はく、「汝は是誰が子ぞ」とのたまふ。対へて曰さく、「妾は是大山祇神の子、名は神吾田鹿葦津姫、亦の名は木花開耶姫」とまをす。因りて曰さく、「亦吾が姉に磐長姫在り」とまをす。皇孫の曰はく、「吾、汝を以ちて妻とせむと欲ふ。如之何」とのたまふ。対へて曰さく、「妾が父大山祇神在り。請はくは、以ちて垂問ひたまへ」とまをす。皇孫因りて大山祇神に謂りて曰はく、「吾、汝が女子を見つ。以ちて妻とせむと欲ふ」とのたまふ。是に大山祇神、乃ち二女をして、百机飲食を持たしめて奉進る。時に皇孫、姉は為醜しと謂し、御さずして罷けたまひ、妹は有国色しとして、引きて幸す。則ち一夜に有身みぬ。故、磐長姫、大きに慙ぢて詛ひて曰く、「仮使天孫、妾を斥けたまはずして御さましかば、生めらむ児の永寿からむこと、磐石の如く常存ならましを。今し既に然らずして、唯弟のみ独り御さる。故、其の生めらむ児、必ず木の花の如く移落ちなむ」といふ。一に云はく、磐長姫恥ぢ恨みて唾き泣きて曰く、「顕見蒼生は、木の花の如く俄に遷転ひて衰去へなむ」といふといふ。此、世人の短折き縁なり。(14)

（『日本書紀』巻第二・神代下・第九段一書第二）

右に引いた『古事記』上巻、および『日本書紀』巻第二・神代下・第九段一書第二に見える話は、邇々芸能命（『日本書紀』は「瓊瓊杵尊」）が木花之佐久夜毘売（『日本書紀』は「木花開耶姫」）に求婚し、父の大山津見神（『日本書紀』は大山祇神）が木花之佐久夜毘売の姉石長比売

（『日本書紀』は「磐長姫」）を副えて差し出したところ、その容貌が醜かったために返され、その結果、天孫（『日本書紀』は「其生児」）の永寿がかなわなくなってしまった、ということを語るものである。この話は、本来永寿を保つはずの天の神の子孫、あるいはその子孫である天皇達の命が地上の人間同様限りある短いものになってしまった、という由来譚を語っているのだが、この話の落ちの〈型〉は、永くなった可能性があったはずの命が、結婚に関わる何らかの理由で短いものになってしまったというものである。であればその〈型〉は、イザナミ等の例外はあるものの必ず死すべきものとされてはいない天上界の神々や天孫ではなく、限られた命しか与えられていない普通の人間にこそふさわしいものだったのではないか。それを人間ではない神の子孫の話にやや強引に導入しようとしたのが『古事記』『日本書紀』の話だったのではないかと考えられる。本来、この話型は、限られた寿命を持つ人間の話の〈型〉だったのであり、それが天孫の話に組み込まれたという成立の経緯を考えるべきなのではないか。

神（神仙）のむすめとの結婚によって、限りある人間にもたらされかけた永寿が、ある理由でだめになってしまつた話といえば、唐代伝奇に想起される話がある。『太平広記』第六十三・女仙八[15]に見える「崔書生」の話である。

唐開元天寶中、有崔書生。於東州邏谷口居、好植名花。暮春之中、英蕊芬欝。遠聞百歩。書生毎初晨、必盥（盥原作輿。據明鈔本改。）漱看之。忽有一女、自西乘馬而來。青衣老少數人隨後。女有殊色、所乘駿馬極佳。崔生未及細視、則已過矣。明日又過。崔生乃於花下、先致酒茗樽杓、鋪陳茵席。乃迎馬首拜曰、某性好花木、此園無非手植、今正値香茂、頗堪流眄。女郎頻日而過。計僕馭當疲、敢具單醪、以俟憩息。女不顧而過。其後青衣曰、但具酒饌、何憂不至。女顧叱曰、何故輕與人言。崔生明日又先及、鞭馬隨之、到別墅之前、又下馬、拜請良久。一老青衣謂女曰、馬大疲、暫歇無爽。因自控馬、至當寢下。老青衣謂崔生曰、君既未 未原作求。據明鈔本改。 婚、予爲媒妁可乎。崔生大悅、載拜跪請。青衣曰、事亦必定、後十五六日、大是吉辰、君於此時、但具婚禮所要、並於此備酒肴。今小娘子阿姊在邏谷中、有小疾、故日往看省。向某去後。便當咨啓、期到皆至此矣。於是俱行。崔生在後、即依言營備吉日所要。至期、女及姊皆到。其姊亦儀質極麗。送留女歸於崔生。崔生母在故居、殊不知崔生納室。崔生以不告而娶、但啓以婢媵。母見新婦之姿甚美。經月餘、忽有人送食於女、甘香殊異。後崔生覺母慈顏衰、因伏問几下。母曰、有汝一子、冀得求全。今汝所納新婦、妖媚無雙。吾於土塑圖畫之中、未曾見此、必是狐魅之輩、傷害於汝。故致吾憂。崔生入室、見女涙涕交下曰、本侍箕箒、望以終天、不知尊夫人待以狐魅輩、明晨即別。崔生亦揮涕不能言。明日、女車騎復至。女乘一馬、崔生亦乘一馬從送之。入邏谷三十里、山間有一川、川中有異花珍果、不可言紀。館宇屋室、侈於王者。青衣百許迎拜曰、無行崔郎、何必將來。於是捧入、留崔生於門外。未幾、一青衣女傳姊言曰、崔郎遺 遺原作遣。據明鈔本改。行、太夫人疑阻、事宜便絶、不合相見。然小妹曾奉周旋、亦當奉屈。俄而召崔生入、責誚再三、詞辨清婉、崔生但拜伏受譴而已。後遂坐於中寢對食、食訖命酒。召女樂洽奏、鏗鏘萬變。樂闋、其姊謂女曰、須令崔郎却迴、汝有何物贈送。女遂袖中取白玉盒子遺崔生、生亦留別。於是各嗚咽而出門、至邏谷口回望、千巖萬壑、無有遠路、因慟哭歸家。常持玉盒子、鬱鬱不樂。忽有胡僧扣門求食曰、君有至寶、乞相示也。崔生曰、某貧士、何有是請。僧曰、君豈不有異人奉贈乎、貧道望氣知之。崔生試出玉盒子示僧。僧起、請以百萬市之。遂往。崔生問僧曰、女郎誰耶。曰、君所納妻、王母第三女玉巵娘子也。姊亦負美名於仙都、況復人間。所惜君納之不得久遠。若住得一年。君擧家不死矣。出玄怪録

右に引いた、唐の開元天寶中のこととされる「崔書生」の話は、

唐の開元天寶中のこと。崔書生なる者が東州の邏谷の入り口に住んでいた。好んで名花を植え、暮春にはその香りが遠くまで漂うほどだった。崔はいつも早朝には顔を洗い口を漱いで、花をみていた。

と語り出され、その後に、およそ次のようなことが語られている。

西から馬に乗ってやって来た、侍女たちを連れた美しい女に崔が心ひかれ、翌日、鼻の下に酒食を設けて誘うが、女は通りすぎてしまう。そのうちに年かさの侍女が仲立ちをして、崔は女と結婚するはこびとなり、女が邏谷にいる姉の見舞いに訪れるためにそこを通って

いたこともわかる。結婚の日に女とともにやって来た姉もまた美しかった。崔の母は旧居にいてその結婚をしらなかったが、後でそのことを知らされ、新婦の美しさを見た母は、その妖しい美しさに、女が「狐魅之輩」で崔が害されるのではないかと憂え、ために崔は歎きながら女を帰すことになる。ともに馬で邏谷に入ること三十里、山間の川中に異花珍果を見、豪華な館に着くと、大勢の侍女達が女を迎える。女の姉に譴責されるものの酒食と音楽のもてなしを受け、帰ることになつた崔は女から白玉の盒子を贈られ、それぞれ嗚咽しながら別れて、家に帰り、崔は常にその玉盒子を手にとって鬱々としていた。すると食を求めて崔の家の門をたたいた胡僧が、宝を持っているはずだからそれを見せて欲しいと言い、玉盒子を見ると、百萬金でそれを買いたいと言った。崔がそれを贈った女は誰かと訪ねると、西王母の三女の玉巵娘子で、その姉もまた美しいことで仙界はもちろん人間界でも知られる存在であること、また女をながく妻としていなかったことは惜しいことで、もし一年妻としていたならばあなたの家の者はみな不死となったことであろう、と言った。

なおこの話は、『太平広記』に『玄怪録』(16)を出典とするという注記がある通り、牛僧孺(七八〇年生~八四八年)の『玄怪録』に収められていたものである。『玄怪録』はもと十巻。明代の『玄怪録』四巻本(宋諱を避けて「幽怪録」とされた)及び十一巻本があり、『太平広記』所引の本文とは異なる部分があり、たとえば『太平広記』に「君擧家不死矣」とある末尾の部分はどの異同はない。

四巻本の陳応飛翔刻本では「君挙家必仙矣」となっているが、本質的な違い、話型に関わるほどの異同はない。

この「崔書生」の話が『古事記』『日本書紀』のニニギノミコトとコノハナノサクヤヒメ（『古事記』は「コノハナノサクヤビメ」）の話の〈型〉と関わるものであることは、一読、明らかだろう。神仙のむすめである美しい女との結婚、その女の姉の存在、女自身と姉という違いはあるが、ある意味での結婚の破綻が男あるいは男につながる者が不死（永寿）となる機会を失うことにつながるという結末。木花之佐久夜毘売（『日本書紀』は「木花開耶姫」）という花に関わる神仙のむすめと、桜と思われる花と種類は異なるが桃に関わる神仙西王母のむすめと、「花」を好む男という点も、どこかひびきあうものがあるようにも思われないでもない。

『古事記』（七一二年）『日本書紀』（七二〇年）の話――そのもととなった共通資料が、それより後の七八〇年に生まれて八四八年に没したと考えられている牛僧孺撰の『玄怪録』を背景として作られたということは、時間的にまったく考えられない。直接の関係はありえない。この類似については、唐代伝奇「崔書生」の話にあとをとどめる、ある資料が、『古事記』『日本書紀』の共通資料におけるニニギノミコトとコノハナノサクヤビメ（コノハナノサクヤヒメ）の話の形成に用いられた――この類似は、そのように考えるべきものだろうと思われる。

なお、この「崔書生」の話に流れている話型と設定は、上代の浦島説話とも関わる可能性が考えられるのだが、その問題については別稿で述べることとし、ここでは立ち入らない。ただ、ニニギノミコトとコノハナノサクヤビメ（コノハナノサクヤヒメ）の話だけではなく、他の上代の神話・説話にもこの「崔書生」に流れていると考えられる話型と設定が存在していたことからみて、前掲の『古事記』『日本書紀』の話と「崔書生」の話の類似・相似が、たまたま似ているという程度の関係ではなかったことは明らかである。唐代伝奇の「崔書生」の話そのものではない、同じ〈型〉の話がはやくから存在し、それが日本にもたらされ、上代の『古事記』『日本書紀』の話の形成に影響したと考えるべきなのだろう。

ある作品そのものではないかもしれない、その作品の〈型〉との関わりというものがあるのではないか。

繰り返して言えば、『源氏物語』の形成に唐代伝奇「遊仙窟」が関わっていたことは明らかであるが、その他の唐代伝奇との関係について考えようとするとき、これまで述べてきたような場合のあることも考える必要があるようにも思われるのである。

注

（1）川口久雄『平安朝日本漢文学史の研究　中篇』「第六節　源氏物語の素材における中国伝奇小説その他の影響」（昭和三十四年三月）

（2）川口久雄「漢文伝奇と平安文学」（『国語と国文学』昭和四十八年十月号）
（3）川口久雄「『源氏物語』における中国伝奇小説の影―『飛燕外伝』『飛燕遺事』『趙后遺事』を中心として―」（『日本文学研究』第三八号、一九五三年三・四月合併号）
（4）岡一男氏が『源氏物語の基礎的研究』（昭和二十九年一月）「第一部　紫式部の周辺と生涯」で左掲のように諸書とともにその影響を言っているように、近代の『源氏物語』研究では、「遊仙窟」との影響関係は定説化している。
彼女がこの物語を創作するにあたつて、「物語の出来はじめの祖なる『竹取の翁』」をはじめとして、『伊勢』『大和』『宇津保』『落窪』『住吉』『交野少将』『正三位』『桂中納言』『狛野』『芹河』などのくさぐさの新古の物語、『土左』『多武峰少将』『蜻蛉』『篁』『枕』などの日記・草子のたぐひ、和歌は『萬葉』『古今』『後撰』『拾遺』『六帖』などの勅撰・私撰の集、伊勢・貫之・躬恒・小町・中務らの家集、更に『日本書紀』『続日本後紀』『和漢朗詠集』『菅家文草』ら、及び『白氏文集』『文選』『詩経』『史記』『漢書』『孝経』『儀禮』『老子』『荘子』『管子』『帰去来辞』『遊仙窟』などの内外の漢籍、『法華』『涅槃』『中阿含』『金光明』『正念法』（中略）『大論』などの仏典まで参照してゐることは、古注釈に引くとほりであり、島津久基博士もそれを認めておられる。
（5）『河海抄』の引用は玉上琢彌編『紫明抄　河海抄』（昭和四十三年六月）に拠る。
（6）『源氏物語』本文の引用は阿部秋生・秋山虔・今井源衛・鈴木日出男校注・訳『〈新編日本古典文学全集〉源氏物語⑥』（一九九八年四月、小学館）に拠る。
（7）『紫式部日記』本文の引用は藤岡忠美・中野幸一・犬養廉・石井文夫校注・訳『〈新編日本

古典文学全集〉和泉式部日記紫式部日記・更級日記・讃岐典侍日記』（一九九四年九月、小学館／『紫式部日記』は中野幸一氏担当）に拠る。

（8）このことについては別稿で述べる。

（9）「ふかきらうなくみゆるおれ物も」の部分は、前掲『河海抄』テキストに「以下真名本別項」とし、その注の「おれ物とはをろかなる物歟」を「以下真名本別項注」とするとおりである。

（10）「遊仙窟」の引用は醍醐寺本古鈔本の本文に拠り句読を加えた。なお醍醐寺本の「情袖」は他本にしたがって「懐袖」に改めず、暫くそのままにする。

（11）丸山キヨ子『源氏物語と白氏文集〈東京女子大学学会研究叢書3〉』（昭和三十九年八月）「付録　源氏物語・伊勢物語・遊仙窟―わかむらさき北山・はし姫宇治の山荘・うひかうぶりの段と遊仙窟との関係―」

（12）仁平道明「『伊勢物語』初段考―物語のはじまりと唐代伝奇―」（福井貞助編『伊勢物語―諸相と新見―』、平成七年五月／仁平道明『和漢比較文学論考』〈平成十二年五月〉所収）

（13）『古事記』の引用は山口佳紀・神野志隆光校注・訳『〈新編日本古典文学全集〉古事記』（一九九七年六月、小学館）に拠る。なお、本文の句読を一部改めた。

（14）『日本書紀』の引用は小島憲之・直木孝次郎・西宮一民・蔵中進・毛利正守校注・訳『〈新編日本古典文学全集〉日本書紀①』（一九九四年四月、小学館）に拠る。

（15）『太平広記』の引用は中華書局本に拠る。

（16）『玄怪録』の引用は中華書局本『玄怪録・続玄怪録』（底本は陳応飛翔刻本『幽怪録』）に拠

る。なお、『玄怪録』には、明代の『玄怪録』四巻本及び十一巻本があり、陳応飛翔刻本は四巻本。『太平広記』所引の本文とは異なる部分がある。

執筆者紹介（掲載順）

李　宇玲（り　うれい）
1972年生まれ。中国同済大学副教授。
著書：『古代宮廷文学論―中日文化交流史の視点から―』（勉誠出版、2011年）。論文：「夕霧の学問―字の儀式から放島試へ―」（『国語と国文学』2006年12月）、「道真と省試詩」（日向一雅編『源氏物語と漢詩の世界』青簡舎、2009年２月）、「『経国集』の試帖詩考」（『国語と国文学』2011年３月）など。

河野　貴美子（こうの　きみこ）
1964年まれ。早稲田大学文学学術院准教授。
著書：『日本霊異記と中国の伝承』（勉誠社、1996年）、『東アジア世界と中国文化―文学・思想にみる伝播と再創』（勉誠出版、2012年、共編著）。論文：「北京大学図書館蔵余嘉錫校『弘決外典鈔』について」（『汲古』58、2010年12月）など。

芝﨑　有里子（しばざき　ゆりこ）
1985年生まれ。明治大学大学院博士後期課程。
論文：「継子物語における時代的要請―平安時代養育慣習からのアプローチ―」（『国文目白』47、2008年２月）など。

新間　一美（しんま　かずよし）
1949年生まれ。京都女子大学文学部教授。
著書：『源氏物語と白居易の文学』（和泉書院、2003年）、『平安朝文学と漢詩文』（和泉書院、2003年）、『源氏物語の構想と漢詩文』（和泉書院、2009年）など。

陳　明姿（ちん　めいし）
1952年生まれ。臺灣大學日本語文學系教授。
論文：「『今昔物語集』震旦部裡的鬼與中國文學」（『臺大日本語文研究』第二十二期、臺灣大學日本語文學系、2011年12月）、「『源氏物語』における儒教・仏教・道教の思想―第一部を中心にして―」（『日本語日本文學』第三十三輯、輔仁大學日本語文學系、2008年７月）、「『紅楼夢』と『源氏物語』における結婚拒否の女性像」（『源氏物語と東アジア』仁平道明編、新典社、2010年）など。

仁平　道明（にへい　みちあき）
1946年生まれ。和洋女子大学言語・文学系教授。東北大学名誉教授。
著書：『和漢比較文学論考』（武蔵野書院、2000年）、『物語論考』（武蔵野書院、2009年）、『源氏物語と東アジア』（新典社、2010年、編著）など。

編者紹介

日向　一雅（ひなた かずまさ）
1942年生まれ。明治大学文学部教授。
著書：『源氏物語の準拠と話型』（至文堂、1999年）、『源氏物語—その生活と文化』（中央公論美術出版、2004年）、『源氏物語の世界』（岩波新書、2004年）、『謎解き源氏物語』（ウェッジ、2008年）、『源氏物語 重層する歴史の諸相』（竹林舎、2006年、編著）、『王朝文学と官職・位階』（竹林舎、2008年、編著）など。

源氏物語と唐代伝奇
『遊仙窟』『鶯鶯伝』ほか

二〇一二年二月二九日　初版第一刷発行

編　者　日向　一雅
発行者　大貫　祥子
発行所　株式会社青簡舎
〒一〇一-〇〇五一
東京都千代田区神田神保町二-一四
電　話　〇三-五二一三-四八八一
振　替　〇〇一七〇-九-四六五四五二
装　丁　佐藤三千彦
印刷・製本　株式会社太平印刷社

ISBN978-4-903996-51-6　C1093